CB074215

TRADUÇÃO
Ana Meira e Lubi Prates

BASTA UM

FLORA NWAPA

PREFÁCIO
UmA é suficiente
Maria Carolina Casati

> O interesse pela poligamia estava diretamente relacionado à necessidade e importância de procriar e salvaguardar a saúde da prole. A principal razão para o casamento foi a procriação. [...] As crianças eram consideradas *ire* (bênçãos, o bem).[1]
>
> Oyèrónkẹ Oyěwùmí

Em conversa com minha amiga (e uma das tradutoras deste livro), Lubi Prates, dizíamos que o romance de Flora Nwapa que agora se apresenta ao público brasileiro pode até ter uma temporalidade específica — quando, há uns quinze ou vinte anos, a crença de que uma mulher só seria feliz com o casamento era praticamente incontestável. Mas o mundo dá voltas, e o acesso que temos hoje a textos de autoras negras, marrons, de cor ou não brancas é cada vez maior e as espirais do tempo (salve, Leda Maria Martins!)[2] nos permitem interpretar nossas existências a partir de outro prisma, de outra cosmologia, fundamentada em uma episteme também outra. Laroyê!

De fato, ao nos atentarmos à narrativa de *Basta um*, podemos afirmar que esta não é mais-uma-história-sobre-

---

1 Oyèrónkẹ Oyěwùmí, *A invenção das mulheres: construindo um sentido africano para os discursos de gênero*. Rio de Janeiro: Bazar do Tempo, 2021, p. 98.
2 Leda Maria Martins, *Performances do tempo espiralar: poéticas do corpo-tela*. Rio de Janeiro: Cobogó, 2021.

-poligamia; afinal, nem mesmo as mulheres que permeiam o texto acreditam que a salvação de suas vidas é ter um marido. É bem verdade que Amaka — nossa heroína —, quando pequena, sonhava com uma família advinda de um casamento. Porém, os caprichos das Sibilas (ou seriam as vontades de outras entidades?) fizeram com que dois de seus pretendentes falecessem; tempos depois, o casamento com Obiora também não dava mostras de que iria durar. Ela precisava ter um filho! (Mais do que isso, ela *queria* ter um filho.) Todos os médicos, porém, afirmavam categóricos: Amaka era estéril. E é justamente a partir da negação (quase obsessiva) desse diagnóstico, que vemos uma guinada na vida de Amaka e no texto de Flora Nwapa.

De acordo com Conceição Evaristo,[3] a (nossa) escrevivência, além de honrar nossas ancestrais silenciadas pela mordaça e pelo chicote, apresentar (novas) narrativas históricas para nossos corpos e trazer um olhar "de dentro do quarto da empregada", possibilita que, ao nos narrarmos, reivindiquemos nossa humanidade, uma vez que desenvolvemos personagens/narradoras com subjetividades. Não somos mais sub (animalizadas) ou super (guerreiras) humanas, como insistia em nos descrever a branquitude, somos pessoas, mulheres, com medos, anseios, desejos e prole própria. Ainda de acordo com a autora, uma das grandes tentativas de manter em pecado corpos negros femininos na literatura é não nos apresentar como corpos possíveis de gerar prole própria e, numa sociedade pautada nas religiões cristãs, não ser mãe coloca as mulheres em perpétuo estado

---

3 "Escrevivência: sujeitos, lugares e modos de enunciação – Corpus literário em diferença". Disciplina ministrada e coordenada pela professora doutora Conceição Evaristo na Universidade de São Paulo (USP), 2023. Notas de aula.

pecaminoso.[4] Observe que, nos diz Conceição Evaristo, as mulheres negras mais conhecidas da literatura clássica brasileira (escritas por homens) são Gabriela Cravo e Canela (Jorge Amado) e as personagens Bertoleza e Rita Baiana do romance *O cortiço*, de Aluísio Azevedo. Nenhuma delas é mãe, todas são descritas por meio de suas características físicas; corpos feitos para o prazer, para pecar. Gabriela, inclusive, tem nome de especiarias: é para ser degustada.

Assim, quando Flora Nwapa — mulher negra — *escreve* a história de Amaka (e de tantas outras), ela também humaniza essa personagem e exige humanidade e dignidade para todas as africanas. É o texto individual que reverbera e concretiza o coletivo.[5] Todas somos gente! É a mulher negra que pode gerar prole própria, deseja fazê-lo e, para tal, não mede esforços.

Sugiro, também, que a leitora atente para como Amaka lida com sua sexualidade e quais são os conselhos que as mulheres que estão em seu entorno (incluindo a mãe e a irmã) dão à nossa protagonista acerca dos relacionamentos. É a prole que importa, não o casamento. Se é preciso um homem para que se tenha um filho, está bem, mas per-

---

4 É importante reforçar que Conceição Evaristo faz uma distinção entre maternidade e maternagem. Segundo a autora, a prole própria de mulheres negras não precisa surgir necessariamente da maternidade. Mães de terreiro, Bás, amigas, avós, todas elas podem maternar a sua prole. O texto de Flora Nwapa, entretanto, também pela característica literária que possui, discute essa questão a partir da necessidade de Amaka de engravidar e parir filhos próprios.

5 Flora Nwapa não é a única autora africana a falar sobre poligamia em África. Em seu texto teórico, Oyèrónkẹ́ Oyěwùmí (op. cit., 2021) apresenta um detalhado histórico sobre o tema. Para citar mais uma romancista, a moçambicana Paulina Chiziane traz um belíssimo enredo sobre o tema em *Niketche: uma história de poligamia* (São Paulo: Companhia das Letras, 2001).

manecer casada não é obrigação. Seu comportamento, a noção que tem do próprio corpo e o que pensa sobre o sexo nos lembra muito outra personagem *escrevivida* por uma autora negra: Sula, da estadunidense Toni Morrison.[6] As duas usam a sexualidade como bem entendem, veem uma explícita distinção entre sexo e amor, possuem mães que também são livres para exercerem seus afetos e sofrem as consequências de suas escolhas.

Ora, mais do que um livro sobre uma mulher-que-quer--engravidar, com *Basta um*, Flora Nwapa nos presenteia com uma discussão potente sobre gênero, sociedade, relações e história da Nigéria. Poderíamos dizer, então, que este é um livro feminista? Não exatamente, uma vez que não podemos esquecer que "mulher/mulheres é uma construção social, embora seja invocada de maneira associal e a-historicamente".[7]

Te convido então a conhecer a história de Amaka de peito e mente abertos. Aqui, não há respostas fáceis ou superficiais. Há, sim, uma reflexão profunda e formas outras de atribuir significados às (nossas) existências. "As mulheres e o patriarcado são aceitos com naturalidade e, portanto, são deixados sem análise ou explicação."[8] Vejamos como Flora Nwapa explica essa (H)istória!

---

6 Toni Morrison, *Sula*. São Paulo: Companhia das Letras, 2020.
7 Oyèrónkẹ́ Oyěwùmí, op. cit., 2021, p. 130.
8 Ibid, p. 131.

BASTA UM

Para Ine, mãe do meu marido, que acredita que todas as mulheres, casadas ou solteiras, devem ser financeiramente independentes.

1

Eram seis da manhã quando Amaka bateu à porta do quarto de sua sogra. Como se estivesse esperando pela nora, ela pediu que entrasse. Amaka não sabia ao certo o que se passava, mas a sogra havia sido tão rude com ela na noite anterior que fora impossível dormir.

Então, às seis da manhã, decidiu desculpar-se, ainda que não soubesse bem por qual motivo.

"Mãe, me perdoe", ouviu-se dizer. "Não vai acontecer novamente. Eu não deveria ter respondido ao que você me disse. Peço perdão, Mãe. Por favor, não me descarte, Mãe."

Aquela expressão — "Não me descarte" — não era comum entre seu povo. Ela diria "rejeitar", mas preferia não usar essa palavra, era muito dolorosa. "Descartar" parecia mais apropriada. Mas Amaka não fazia o tipo rejeitada ou ainda, como disse, descartada. Havia deixado sua marca nos negócios. Era uma mulher com quem se podia contar. Por que deveria implorar dessa forma, humilhando-se nesta manhã? Mas Amaka queria paz. Além disso, queria continuar casada com seu marido, que era um homem amoroso.

Amaka sempre quis ser casada, invejava as pessoas casadas. Quando Obiora finalmente decidiu casar-se com ela, sentiu-se nas nuvens. Estava decidida a mostrar a todos que a ambição de uma mulher era o casamento, um lar para chamar de seu, um homem a quem amar e do qual cuidar e crianças para coroar a união. Embora as coisas não tivessem saído como o esperado, estava desesperadamente ansiosa para preservar seu casamento. Alguém bateu à porta; logo depois seu marido entrou e sentou-se na cama. Ele sabia que ela estava lá? Amaka não havia contado que iria visitar a sogra. Por que ele estava ali? Será que sempre visitava a mãe nas primeiras horas da manhã e ela não sabia?

"O que ela está dizendo, Mãe?", questionou Obiora, e a pergunta foi como um soco na cara de Amaka. Era como se um golpe forte a atingisse na testa. Aquele era seu marido ou um estranho falando? Aquela não era a voz de seu marido, um marido que nunca, em seis anos de casamento, dissera nenhuma palavra rude a ela.

"O que você está dizendo pra minha mãe?" Dessa vez, Obiora dirigia a pergunta para Amaka.

"Estava pedindo o seu perdão e implorando que não me descartasse", Amaka se ouviu dizer.

"O que você fez?", perguntou ele. Silêncio. Era esta a questão crucial: o que ela tinha feito?

"Olha, não entendo essa tolice. Não entendo por que..."

"Cale a boca e deixe a sua esposa falar!", gritou a mãe de Obiora. "Ela veio me ver. Permita que Amaka fale o que veio dizer. E quem foi que pediu que você viesse? Por favor, saia do meu quarto. Agora você, mulher do meu filho, por que veio me ver nesta manhã? Sente ali." A sogra apalpou a lateral da cama e fez um gesto para Amaka se sentar. "Não se ajoelhe mais, levante e sente aqui."

Obiora saiu do quarto e as duas mulheres ficaram sozinhas. Amaka engoliu em seco. Antes de entrar no cômodo tinha planejado o que queria dizer, mas agora havia esquecido o que falar. E estava cansada, então não pôde deixar de bocejar. A sogra saiu da cama e a encorajou a continuar.

"Agora vai, me diz, por que está bocejando a esta hora da manhã? Não dormiu bem?"

"Dormi mal, Mãe."

"Eu também. Tenho dormido mal neste último ano. Não vê como estou magra? Era magra assim quando você se casou com o meu filho, seis anos atrás? Então não reclame por dormir mal apenas uma noite. Agora vá, me diga por que está aqui."

"Meu Deus!", exclamou Amaka. "Está ficando cada vez mais difícil, Mãe", finalmente prosseguiu. "Você sabe da minha situação. Não é minha culpa e..."

"Então é culpa do meu filho."

"Eu também não disse que é culpa do seu filho. É o destino. O destino está brincando comigo. O destino é cruel comigo."

"E por isso o meu filho deve sofrer, continuar a sofrer, por causa da sua má sorte, por causa da sua teimosia, por causa da sua estupidez, por causa da..."

"Não estou dizendo isso. Eu só..."

"Só o quê?", perguntou ela, com um tom de desprezo que atingiu Amaka como uma facada no coração.

"Só estou dizendo que você deveria me dar mais tempo. Tenho mais um lugar pra ir. Foi recomendação de uma amiga minha que recentemente voltou do exterior. Devo ir lá na semana que vem. Ouvi dizer que o médico nunca falha. Foi muito recomendado por essa amiga minha. Soube que o pai dele era um daqueles importantes ginecologistas tradicionais.[1]

"Esse médico se interessava pela profissão do pai e foi estudar medicina na Rússia pra complementar os ensinamentos do próprio pai sobre a medicina dos brancos. Na semana que vem devemos ir ao Benin. O médico é de lá.

---

[1] No contexto desta obra, um especialista denominado "tradicional" é aquele que atua a partir de um conjunto de conhecimentos populares e ancestrais. (Esta e as demais notas são das tradutoras.)

É o que vim dizer hoje. Por favor, tenha paciência comigo e tudo vai ficar bem."

Quando terminou, não ouviu resposta da mulher mais velha. Amaka estava surpresa consigo mesma. Não era isso que tinha vindo dizer à sogra. Na verdade, o tal médico conhecido nem sequer existia. O que estava acontecendo com ela? Por que criou uma história assim, neste momento crucial? Estava implorando por mais tempo embora já tivesse sido informada por muitos ginecologistas de que não existia a menor possibilidade de engravidar? Havia algo de errado com suas trompas. Fez perguntas sensatas e inteligentes e recebeu respostas quase idênticas de todos os médicos homens que visitara.

Dentro dela havia uma fé, a fé cega de que todos os ginecologistas que consultara estavam errados e de que ela, no bom tempo de Deus, teria não um, mas vários bebês. Esse sentimento, essa fé, nunca a abandonou. Continuava a dizer a si mesma, repetidamente, em momentos de instabilidade emocional: "Vou ter filhos. Esses médicos estão todos errados. Vou ter filhos, meninos e meninas". Via bebês em seus sonhos. Recebia tanto meninos como meninas de pessoas estranhas. Não os rejeitava; pelo contrário, ela os acolhia, limpava e ninava em berços, para então acordar e descobrir que tudo era apenas um sonho. Chorava, o marido ouvia seu lamento, ia até o quarto e secava suas lágrimas, dizendo que, assim como ela acreditava e tinha fé que seriam abençoados com crianças, ele também acreditava nisso. Depois, Amaka sentia-se melhor.

Mas as coisas começaram a mudar alguns meses antes, quando ainda não havia nenhum sinal de gravidez. Obiora passou a ficar irritadiço, quase indiferente. Algo nele se alterava e Amaka notou a mudança, mas decidiu não tocar no assunto, pensando que se engravidasse tudo voltaria ao normal.

Continuou com seus negócios em Onitsha. Comercializava madeira, areia e comida. Era uma empreiteira, uma das várias mulheres empreiteiras que surgiram durante a guerra e no final dela. Antes da guerra, havia sido professora. No fim do conflito, quando participou da chamada "ofensiva comercial", Amaka se redescobriu. Ficou impressionada com o que era capaz de fazer e conquistar. Ela e outras mulheres atravessaram as fronteiras e compraram direto das mãos do inimigo que matava seu povo. Não havia mais nada que essas mulheres pudessem fazer. Precisavam comer e ter acesso a itens de necessidade básica — sabonete, papel higiênico, cigarro e outros produtos com os quais Biafra não podia arcar durante a guerra.

Ela ganhou dinheiro, mas não teve filhos, e seu marido fora paciente nesses seis anos. Iria se comportar como outras mulheres e enganá-lo? Contar a ele que estava grávida e depois de um tempo considerável dizer que sofreu um aborto? Iria fazer isso? Até poderia enganar o marido, mas não a sogra. Ela estava determinada. Costumava ser amigável, agora não mais. O que tinha em mente? Qual era o seu plano? Havia outra mulher, em algum lugar, para seu marido? Amaka já tinha pedido que Obiora fosse a outro lugar para ter um bebê com outra, mas ele não gostara da ideia. Talvez sua mãe o tivesse convencido a procurar em lugares diferentes.

Quando a mãe de Obiora começou a falar, Amaka não conseguia acreditar no que ouvia. "Mulher do meu filho, você é uma mentirosa. Você mente mal e miseravelmente. Tenho pena de você. Agora me escute bem porque já estou farta das suas tolices há muito tempo. Por que está me pedindo desculpas? Não preciso de desculpas. Você se acha muito esperta. Sou mais esperta do que todas as suas amigas que vêm aqui, comem a comida do meu filho e falam mal dele pelas costas. E do que você, com a sua conversinha sobre o meu filho, meu querido filho, meu bom filho, que a salvou da vergonha e da humilhação. Quantos pretendentes você teve antes que o meu filho aparecesse pra casar com você? Eu avisei que não era pra ele casar com você. Gritei aos quatro ventos. Disse pro Obiora não casar com você, disse que você era estéril. Mas ele não quis me ouvir. Implorei às minhas duas filhas e até ao meu filho mais novo que pedissem ao Obiora que não casasse com você, mas ele recusou todas as minhas súplicas. Ele me desobedeceu e, veja só, casou com você."

Chocada e confusa, a mente de Amaka voltou ao passado e reviu seu primeiríssimo pretendente, Obi. Era um homem muito bom, que vinha de um lar respeitoso. A mãe de Amaka gostava dele e encorajava a relação. O combinado de que as duas famílias seriam parentes estava firmado quando chegou à mãe de Amaka a notícia de que o jovem havia se casado na igreja com outra garota.

Amaka ficou fora de si. Por vários dias, não comeu. Levou muito tempo para que superasse aquela rejeição. O que havia de errado com ela? Por que o jovem não tinha cumprido a promessa? Sua mãe estava sempre a seu lado. Falou que não se preocupasse. Amaka ainda era jovem e tudo ficaria bem. "Você só precisa esquecer esse homem. Ele não era pra você. Se fosse, não teria casado com outra pessoa. Você deve se considerar sortuda por isso ter acontecido agora e não durante o casamento, teria sido bem pior."

Amaka esforçou-se e passou a olhar para sua situação de forma filosófica. Talvez essa fosse a vontade de Deus. Talvez alguém muito melhor estivesse por vir. Ah, como queria se casar e ter filhos. Sua única ambição era ser esposa e mãe. Se conseguisse isso, então todas as bênçãos do mundo viriam no bom tempo de Deus. Por essa razão, Amaka esperou.

Então surgiu seu amado; Isaac era seu nome. Isaac fez com que Amaka soubesse o que significava estar apaixonada. Isaac a ensinou a desfrutar do sexo. Até conhecê-lo, acreditava que sexo era algo que um homem e uma mulher faziam para ter filhos. A parte prazerosa era desconhecida para ela.

Isaac, por sua vez, ficou surpreso com a inocência e a ignorância de Amaka. As perguntas que ela fazia o intrigavam. Eram perguntas inocentes de alguém de dezesseis anos. O que mais intrigou Isaac, porém, foi que Amaka estava genuinamente ávida por aprender. Na cama, eles ficavam em êxtase, nos céus. Os dois conversavam muito, eram capazes de se comunicar com o corpo e a alma. Ambos desfrutavam da vida sexual, assim como das conversas que mantinham.

Apesar disso, Isaac não a pedia em casamento. E Amaka esperou. Sendo tímida por natureza, não queria tocar no assunto. Se Isaac era solteiro e parecia amá-la tanto, por que não fazia o pedido? Duas pessoas que se amavam assim deveriam prosseguir e consumar seu amor no casamento.

Um ano se passou e não houve nenhum pedido. Amaka certamente não estava ficando mais jovem. As pessoas começavam a comentar aqui e ali, e isso a envergonhava. Mas ela amava Isaac. Queria ficar com ele para sempre. Amaka não fazia joguinhos. Era mulher de um homem só. Não conseguia ter casos com vários homens ao mesmo tempo. Suas amigas avisaram que ela estava cometendo um grande erro. Mas não havia nada que fosse certo, a não ser a morte. Amaka não conseguia mudar sua natureza. Então, veio a tragédia. Ela estava preparando o jantar quando uma amiga chegou em apuros; queria dizer algo, mas notava-se que se continha. Amaka ficou desconfiada.

"Pode me dizer: Isaac está morto", falou baixo.

Sua amiga a encarou com lágrimas nos olhos.

"Vá em frente, diz pra mim que Isaac está morto. Diz."

Então a amiga revelou: "Sinto muito, Amaka, Isaac está morto. Ele foi vítima de um acidente de carro na estrada Enugu-Okigwe. Seu corpo está no necrotério de Enugu".

A amiga de Amaka pegou-a pela mão e ela apenas a seguiu, como se estivesse possuída. As duas se sentaram na cama e choraram juntas. Amaka então secou as lágrimas e olhou em direção ao nada.

"O que o destino está fazendo comigo, Obiageli? O que foi que eu fiz?" A amiga não respondeu. Havia encorajado Amaka a ter a maior quantidade de homens possível porque nunca se sabe o que está em jogo com eles. Seria cruel lembrá-la disso agora, então seguiu em silêncio. Amaka não culpava ninguém, apenas o destino.

Enquanto tentava se recuperar da morte de Isaac, encontrou seu terceiro homem, Bob. Bob era um *playboy*. Uma semana depois do primeiro encontro, ele a pediu em casamento. Amaka estava cética. Não disse nem sim nem não. Decidiu que conversaria com sua tia. Quando contou sobre o ocorrido, a outra balançou a cabeça.

"Não, minha filha, eu não gosto dele. Conheço muito bem a sua família. Ele não será um bom marido. Ouvi dizer que não cuidou bem da mãe. A mãe do Bob era bastante velha e ele, filho único. Dizem que nem sequer mandava dinheiro pra ela, muito menos contratou uma ajudante. Quando a mãe conseguiu uma garota pra tomar conta dela, ele voltou pra casa de licença, atirou-se sobre a moça e a engravidou. A mãe disse: 'Bom, se é o que tinha planejado, agora se case com ela'. E sabe o que ele fez? Disse pra garota abortar. A garota ficou assustada e correu pra mãe dela. Hoje ela é casada, uma perda pra mãe do Bob. Então

Bob e a mãe foram até os pais da garota exigir a criança — era um menino. Obviamente eles não deram ouvidos aos dois. E é esse o homem que quer se casar com você. Não, minha sobrinha. Vamos esperar um pouco. Um bom homem virá. Mas que fique bem entendido: por favor, não se reprima. Você não está indo pro convento. O importante não é o casamento em si, mas os filhos, ser capaz de ter filhos, ser mãe. Tenha filhos, seja capaz de cuidar deles e você será respeitada.

"Eu me casei com um homem de quem não gostava. E, apesar de ter filhos, não tenho nem respeito nem carinho pelo meu marido. Você entende, não é? Ele é o pai de todos os meus filhos, claro, mas, desde o dia em que noivei, nunca fui capaz de gostar dele. Quando tive sete filhos em sete anos de casamento, sabia que era o meu limite e parei de dormir com o meu marido. Ele reclamou, óbvio. Contou pra minha mãe, mas não cedi. Não mais. Eu o havia tolerado por sete anos. Ele me deu sete filhos. O que mais eu poderia querer dele?

"Quando meu marido começou a criar muito rebuliço em torno do assunto, arranjei uma garota de dezesseis anos pra ele. Sim, eu me casei com a garota por ele. Disse a ela: este é nosso marido, cuide dele. Eu cuidarei das nossas crianças. Vou providenciar que todas recebam boa educação. Boa educação significa dinheiro. Então, vou me concentrar nos meus filhos e no meu negócio.

"Foi assim que virei as costas pro meu marido. Ele prosperou e se casou com mais mulheres. Eu fui a primeira esposa e devia cumprir minhas obrigações. E cumpri. Agora todos os meus filhos são crescidos e vivem em diferentes partes da Nigéria. Minhas filhas têm marido rico — planejei todos os casamentos. São felizes com o marido, mas eu digo a elas: nunca dependam do seu marido. Nunca sejam escravas dele. Tenham o seu próprio negócio, não importa quão pequeno seja, porque nunca se sabe. Acima de tudo: nunca abandonem o seu marido. Não deixei o meu, mas eu era independente. Se não tivesse escolhido esse caminho, não poderia ter dado a educação básica que dei aos meus filhos.

"O casamento pode ajudar a criar ou a destruir alguém. Aprendi muito com a minha própria mãe e estou pondo em prática o que ela me ensinou. Tem funcionado pra mim e pros meus filhos. Também vai funcionar pra você. O problema é que você é muito simplória e ingênua. Parece não saber o que quer da vida. Saia do seu casulo. Fique mais perto de mim. Você é filha da minha irmã; talvez eu estivesse muito ocupada e tenha negligenciado você. Seja como for, hoje isso vai mudar. Você veio até mim pra saber do Bob. Você não vai se casar com ele."

Amaka ficou mais confusa do que nunca. Bob tentou seduzi-la, sem sucesso. Não se casaria apenas por casar. Casamento era o objetivo de sempre, sem dúvida, mas precisava respeitar seu próprio tempo.

Mesmo assim, sentia-se desconfortável. Todas as garotas do seu grupo etário[2] estavam se casando e saindo de casa. Estavam tendo filhos e desempenhando o papel de mãe que Amaka tanto invejava e almejava. Será que ela seria deixada de lado? Desempenhar as funções de sua idade, naquela época, era uma grande provação. Ela não podia suportar as cruéis alusões ao fato de não ter encontrado um pretendente. Algumas garotas de sua idade, para ridicularizá-la ou por pena dela pela situação, faziam tentativas desastrosas de encontros que a envergonhavam e enfureciam.

---

2 Uma forma tradicional de organização na sociedade ibo estabelecida a partir da faixa etária dos indivíduos. Cada grupo etário, como são referidos no texto, seja de mulheres ou de homens, vai desempenhar um papel importante em sua comunidade.

Uma delas sugeriu um homem divorciado com cinco filhos. Amaka não ligava que ele tivesse crianças. Ela se importava com o *status* do homem e com sua feiura. Será que as coisas tinham ido assim tão longe para que suas amigas pensassem num homem desses para ser seu marido? Por acaso ter um marido significava esse tipo de ruína? Amaka era ambiciosa. Queria sobressair em tudo e vencer todas as irmãs, amigas e garotas de sua idade. Apesar dos infortúnios, mantinha a cabeça erguida. Se não se casasse bem como as irmãs, iria sobressair em outras coisas. Teria um negócio, ganharia dinheiro e seria respeitada por elas.

Então, mais uma tragédia aconteceu. Bob foi morto. Amaka ficou em choque e com medo. "O que está acontecendo?", perguntou-se várias vezes. Não sentia nada por ele, mas Bob e Isaac morreram tragicamente... E os dois tinham algo com ela. Ambos quiseram em algum momento se casar com ela.

Havia algo misterioso trabalhando contra ou a favor de Amaka. Se tivesse se casado com Isaac, seria viúva, e se tivesse se casado com Bob o mesmo destino a teria acometido. Havia definitivamente uma força por trás de tudo. Essa força misteriosa trabalhava a favor dela, não contra ela. Portanto deveria ser grata a Deus por ter escapado duas vezes de ser viúva.

Apesar de todos os infortúnios, Amaka ia maravilhosamente bem nos negócios. Logo comprou um terreno e começou a planejar sua casa própria. A mãe aprovou esse movimento, e foi ela quem a encorajou a seguir em frente. "Quanto mais rica você for", explicou, "melhor será o seu casamento, e o seu marido irá realmente valorizá-la. Os parentes dele também. Mas não se esqueça: faça amizade com homens e comece a ter filhos. Com casamento ou sem casamento, tenha filhos. Seus filhos cuidarão de você quando estiver mais velha. Será solitária se não tiver filhos. Como mãe, você estará realizada."

Amaka estranhou. Não foi o que aprendeu nos seus poucos anos de escola. Os bons missionários lhe tinham enfatizado a castidade, o casamento e o lar. Agora sua mãe estava lhe ensinando algo diferente. Aquilo fazia parte dos costumes de seu povo, que não conhecia por ter frequentado a escola e ter sido ensinada na tradição dos missionários brancos?

Como ela deveria abordar a questão? Como poderia engravidar sem marido? O que diria para as amigas casadas, as garotas de sua idade, suas sócias nos negócios? E mais: quem cuidaria de seus negócios enquanto estivesse grávida?

Sua mãe dispensou todas essas perguntas ao gesticular com a mão. "O que te ensinaram naquela escola? Planeje, planeje, planeje — você está se planejando pra quê? Eu, por acaso, sentei e disse: 'Vou ter sete filhos agora, três meninos e quatro meninas', e acabou?

"Você cria problemas onde não tem. Estou dizendo, liberte-se. Você é uma criança? Me diz: quantos anos você tem e quantos anos tenho eu? Quando te dei à luz, eu devia ter vinte e sete, vinte e oito anos. Agora me diz: qual é a nossa diferença de idade, que preciso te ensinar o que fazer pra ter uma vida digna? Estou dizendo, olhe pra mim e aprenda comigo, sua tola."

Foi depois desse encontro com a mãe que Amaka conheceu o futuro marido, Obiora. Apesar de serem da mesma região, Obiora estava vivendo no Norte, então até ele ser transferido para Onitsha como um oficial executivo de um dos ministérios nos quais a amiga de Amaka, Adaobi, também trabalhava, ela não o tinha conhecido. Através de Adaobi, Amaka conheceu Obiora e, imediatamente, sentiu atração por ele. Era calmo e gentil no jeito e no comportamento, e Amaka intuiu que podia confiar nele e contar com ele. Obiora explicitou para todo mundo que admirava Amaka e estava interessado em se casar com ela, e todos os envolvidos acharam que eles eram uma combinação ideal. Amaka não sentia a intensidade que sentiu com Isaac, mas tinha certeza de que Obiora seria um marido muito melhor. O namoro durou cerca de seis meses. Depois de completarem as cerimônias tradicionais de matrimônio, casaram-se na igreja de Onitsha.

Seis anos mais tarde, eles não tinham filhos. A mãe de Obiora estava cansada de esperar, então chegou à solução final: Obiora deveria ter um herdeiro, porque todos os seus irmãos e irmãs já tinham filhos àquela altura.

2

A mãe de Obiora não havia terminado e continuou:

"Mulher do meu filho, desde que vocês se casaram, seis anos atrás, quantas vezes eu visitei a sua casa? Vá em frente e me diga quantas vezes". Então pausou para que Amaka pudesse responder, mas ela não disse nada. "Bom, já que você não consegue me responder, quem vai dizer sou eu: essa é a sexta vez que venho visitá-los." Amaka engoliu em seco e mudou de posição, dizendo a si mesma: "Bom, eu pedi por isso. De fato, foram seis vezes!".

"Você me ouviu?", continuou a sogra.

"Sim, Mãe, eu ouvi. Você disse que nos visitou seis vezes desde que nos casamos, seis anos atrás. Consigo ouvi-la muito bem, Mãe."

"Você ouvindo ou não, isso termina hoje. Tudo vai terminar hoje, quando eu acabar meu assunto com você. O poder que você tem sobre o meu filho acaba hoje. Está me ouvindo? Esperei por seis anos e não posso esperar mais nem um dia. Você não viu como fiz Obiora se calar quando ele entrou aqui pra interferir? É um filho tolo. Às vezes, eu me pergunto se é mesmo meu filho. Mas sei que puxou ao inútil do pai dele e faz muito alarde sem tomar nenhuma atitude. Se meu filho me ouvisse, a casa dele já estaria cheia de filhos.

"Deixa eu repassar os seus pontos, um por um. Você disse que foi ver um médico, ou que está prestes a ver um, que poderia te tratar e te deixar grávida. Eu digo que você é uma mentirosa: todos os médicos disseram que você é incapaz de ter filhos. Você foi desonesta em não contar ao seu marido que ele estava desperdiçando energia com você. Conheço muito bem a sua mãe. Você acha que ela ficaria na casa do seu pai se não tivesse tido nenhum filho? É uma mulher que admiro muito. Temos bastante em comum. Mas pensei que viria até mim pra podermos pensar juntas e planejar o que fazer. Bom, sua mãe pensou que era esperta. Vou dizer a ela que eu sou mais. Ela foi abençoada, eu não. Talvez seja isso que ela quis dizer ao ficar quieta todos esses anos. Estou surpresa. Ela foi a única pessoa que considerei quando meu filho quis casar com você. Bem me pareceu que tinha mudado ou se tornado perversa.

"Diga, você falou que eu sabia da sua situação. Qual é a sua situação? Você é estéril. É isso, estéril. Mais ou menos um ano atrás, você disse que teve um aborto espontâneo. Meu filho veio me contar. Eu ri dele. Não contei a ele que estava sendo enganado. Então, mulher do meu filho, você nunca esteve grávida nem nunca estará. Que isso fique claro pra você mesma. Isso já foi dito por muitos médicos tradicionais e alguns dos outros médicos que você visitou.

"Ontem, quando falei e você se irritou, não viu como te olhei? Eu observei e avaliei você, vi a grande tola que é. Não percebeu como calei o meu filho essa manhã? Também mandei que se calasse ontem à noite e não deixei que ele te batesse, porque ele queria te bater quando você se irritou. Sempre ouvi dizer que aqueles que foram pra escola não se irritam com facilidade, que controlam o próprio temperamento, diferente de nós, que nunca sentamos numa sala de aula nem aguentamos as chibatadas dos professores. Meu filho tem dois filhos, e amanhã a mãe deles virá morar aqui nesta casa com os filhos dela. Realizamos todas as cerimônias, e ela já está a caminho..."

Amaka ficou completamente chocada. Começou a tremer. Não conseguia mais controlar suas emoções. Agarrou-se à cama para não desmaiar. Obiora tem dois filhos com outra mulher e nunca me contou? Impossível. Como ele pôde fazer isso comigo? Voltou a si com as palavras da sogra.

"A esposa e mãe dos filhos dele queria que você fosse expulsa desta casa. Mas eu disse que não aceitaria isso. Disse que você não será expulsa porque é a primeira esposa. Também sou a primeira esposa do meu marido. Eu disse categoricamente que você não será expulsa.

"Obiora, meu filho, se surpreendeu comigo. Eu perguntei a ele: 'Por que você está surpreso? Não sou cruel com a sua esposa. Outras mães a expulsariam, eu não. Se a mãe de Amaka estivesse na minha pele, a expulsaria, mas eu não. Essa sou eu. Sou justa. Não há ninguém mais justo do que eu na nossa comunidade'. É por isso que continuo dizendo como você é tola por não saber quem eram seus inimigos e quem eram seus amigos. Você foi pra escola e tem um negócio que dá um pouco de lucro, por isso acha que sabe de tudo. Você não sabe de nada.

"Outra coisa que quero reforçar é que você não fez absolutamente nada pro desenvolvimento do meu filho desde o casamento com ele, seis anos atrás. Olhe em volta e veja os outros que casaram na mesma época. Meu filho ainda não começou a construir uma casa, nem sequer fez algo dedicado aos outros do seu grupo etário da cidade.

"E olhe pra você, parecendo mais jovem a cada dia enquanto o meu filho fica cada vez mais velho. Você e a filha de Uzoka casaram ao mesmo tempo. Meu filho e o marido dela têm a mesma idade, começaram a trabalhar no mesmo ano. Olha pra ele agora, que já construiu uma casa. Desde o casamento, mudou duas vezes de carro. Mas você e o meu filho continuam a dirigir o carro que ele comprou dois anos após o casamento com você... e..."

Amaka não escutava mais as palavras da sogra. Ela havia comprado aquele carro e presenteado o marido com ele. Na época, implorou a ele que não contasse quem o havia adquirido. Era o segundo ano do casamento deles, o Volkswagen de Obiora estava com o "motor arranhado" e ele não tinha o dinheiro do conserto. Então Amaka perguntou o preço de um Peugeot, foi ao banco, sacou todo o dinheiro que tinha e deu ao marido, dizendo que comprasse um Peugeot 504. O marido não conseguia acreditar. Ficou tão orgulhoso dela. Contou para os amigos, quando foram ver o carro, que sua querida esposa o havia comprado.

Amaka interveio e disse a eles que Obiora estava apenas sendo modesto e que, na verdade, a mãe rica dele tinha comprado o carro para os dois. Quando os convidados foram embora, Obiora quis saber o porquê da mentira. Amaka disse que não queria que ninguém soubesse quem comprou o carro. Pensava que as pessoas iriam menosprezá-lo.

"Mas foi você que comprou o carro, Amaka. Estou orgulhoso de você. Estou orgulhoso de ter me casado com você. Meu Deus, quantos homens podem se gabar de suas esposas por darem de presente pra eles o dinheiro vivo pra comprar um Peugeot 504? Me fala."

"Eu sei, querido. Eu sei, mas não quero que as pessoas saibam. Vamos deixar isso entre nós, por favor."

Sobre o que então a sua sogra estava falando? Segundo a versão de Amaka, Obiora teria sido demitido do ministério por causa de seu descuido e de sua natureza muito confiante. Foi ela quem procurou o secretário permanente[3]

---

3 Diretamente subordinado ao ministro(a) de cada pasta, o cargo de secretário permanente tem como atribuição aconselhar, apoiar e direcionar o(a) superior(a), garantindo a implementação das políticas e pautas prioritárias do órgão, bem como gerir os recursos financeiros e humanos da pasta.

em Enugu e disse a ele tudo o que sabia sobre o envolvimento de seu marido na questão toda. Em vez de perder um ano de senioridade, Obiora fora apenas repreendido. Os demais envolvidos perderam o emprego, benefícios e gratuidades. Muitas esposas guardaram rancor dela por conseguir ajudar o marido enquanto elas não puderam.

E o que a mãe de seu marido estava dizendo sobre ela parecer mais jovem enquanto ele envelhecia? Era responsável também por isso? Pelo que sabia, alimentava o marido três vezes por dia. O que dava a ele era o que ela própria comia. E estava sempre em casa para compartilhar uma refeição com o seu companheiro, não importando quão atarefada estivesse.

Mas Amaka tinha consciência de que, na sociedade em que viviam, particularmente na sua própria comunidade, uma esposa levava a culpa pelos fracassos de seu marido, nos negócios e na vida em geral. Nos bons e velhos tempos, porém, uma esposa também era elogiada pelo sucesso de seu companheiro. Infelizmente agora não era mais assim, o modelo de vida estava mudando. Um marido costumava ficar satisfeito se sua esposa enriquecesse graças ao trabalho duro ou à boa sorte. Ele relaxava e deixava que ela o mimasse. Ele se gabava para os outros de sua idade: "Se você quer conhecer uma boa esposa e saber como um homem deve ser tratado, basta consultar a minha".

Os tempos mudaram, e os homens começaram a afirmar sua masculinidade sobre as esposas trabalhadoras. Quando socializavam e bebiam, eles zombavam dos maridos cujas esposas eram endinheiradas dizendo: "Olhe pra ele, olhe bem pra ele. É menos que um homem, dependendo de uma mulher pra comprar camisas e pra estirar o tapete pra ele. Um dia, em vez de comer ela, vai ser o contrário, é ela quem vai comer ele". Em seguida cuspiam no chão para mostrar repulsa.

Amaka sentia falta dos bons e velhos tempos, mas nunca conseguia se ver indo adiante. Por exemplo, sua sogra estava certa em sugerir que o filho arranjasse outra esposa agora que a esterilidade dela fora confirmada. Ela própria cuidaria da jovem e das crianças quando começassem a chegar. Mas não podia fazer mais do que isso, devido às mudanças e ao atual padrão de vida da sociedade. Amaka de repente percebeu que sua sogra havia parado de falar e a estava encarando com raiva.

"Mãe, sinto muito", ela finalmente disse. "Você me falou de muitas coisas e tenho que pensar sobre elas. Vamos nos falar de novo amanhã."

Rapidamente, Amaka levantou-se da cama e correu para fora do quarto, antes que a sogra pudesse responder.

3

A mãe de Obiora foi embora mais tarde naquela manhã sem dirigir mais nenhuma palavra a Amaka. Obiora, por outro lado, parecia triste; quando Amaka perguntou por que estava assim, ele a calou.

"O que interessa pra você se eu estou feliz ou triste? Por que não me deixa em paz? Você quer que eu abra meu coração. Você gostaria de querer saber até como o meu coração bate, se eu também soubesse. Mulher, já chega. Estou indo trabalhar."

"E sua mãe? Ela não levou nada. Não vi nenhuma das roupas dela no quarto. Como pôde ir assim, sem cerimônias?"

"Esta é a casa dela, ela pode ir e vir como bem entender, então não se preocupe com isso. Ela vai voltar logo."

"Obiora, sua mãe disse algumas coisas que não fizeram nenhum sentido pra mim. Por que você nunca me contou que tinha outra esposa?"

Obiora pareceu desconfortável. "Acabei de me casar com ela."

"Mas você tem dois filhos com ela."

"Sim. E o que eu deveria fazer? Continuar sem filhos porque minha esposa é estéril?"

"Por que você não me contou?"

"Porque eu sabia que você iria se opor e reagir exatamente assim."

"E eu não deveria reagir, por Deus!? Do que você acha que sou feita — de madeira?"

Houve então um silêncio constrangedor, e Amaka continuou: "Tudo bem, vamos deixar isso de lado por um momento, mas por que você não contou pra ela sobre o carro? Você deveria ter contado sobre o carro que comprei com o fruto do meu suor pro nosso conforto, mais especialmente pro seu conforto. Acho que você poderia ter contado pelo menos isso. Não quis mencionar minha intervenção no ministério porque não é algo concreto o suficiente, tudo bem. Qualquer um poderia alegar que ajudou você. Mas fiquei especialmente chateada com a questão do carro. Se precisamos lavar nossa roupa suja em público, então não vamos esconder nada. Todas as nossas roupas íntimas devem ser lavadas em público e a céu aberto, falo sério".

"Você bem poderia dizer que também me alimentou desde que nos casamos", falou Obiora, com a voz baixa.

"Não exatamente", respondeu Amaka. "Não, seria mentira se eu dissesse isso. Mas complementei o dinheiro da comida. Isso eu fiz, e você sabe muito bem. Diga o quanto você me dava pra comida. Vá perguntar pras outras esposas, e elas vão dizer o quanto os seus colegas do mesmo ministério dão pra elas. Mas não reclamei, nunca pedi mais. Talvez esse tenha sido o meu erro, não pedir mais..."

"Você está sendo insensata", irrompeu Obiora. "Quantas bocas você estava alimentando? Mulher estéril e insensata! Você está esquecendo que não tem filhos. Se fosse sensata, não levantaria a voz nesta casa. Você devia continuar com as suas coisas em silêncio e não ofender ninguém, caso contrário vai escutar umas verdades. Avisei diversas vezes quando você ficou grávida, no nosso primeiro ano de casamento, mas você foi descuidada e perdeu o bebê. Foi sua culpa.

"Já tomei minha decisão e não tem como voltar atrás. O que minha mãe disse vai acontecer, não hoje, mas em breve. Então se prepare pra momentos difíceis. Se for sensata, vai ficar aqui, sob minha proteção. Uma mulher precisa da proteção do seu marido. Mas se quer agir como se tivesse toda a sabedoria de Salomão e receber conselhos ruins e tolos, tudo bem. Você tem a liberdade de fazer exatamente o que quiser.

"Mas me deixe te avisar que se você pisar fora desta casa em protesto quando a minha esposa e os meus dois filhos chegarem, você vai ficar fora dela pra sempre. Você não vai voltar. Não sou o tipo de homem que vai implorar com o rabo entre as pernas pra você voltar. Já superei isso. Então tome cuidado por onde pisa e esteja avisada. Do fundo do meu coração, estou pedindo que fique. Mas se você escolher sair do seu lar conjugal, a porta está logo aqui." Ao dizer isso, Obiora saiu, furioso.

Amaka ficou parada como uma estátua. Aquele não era seu marido falando. Aquela era uma voz estranha que saía de dentro de seu marido. Havia um ou mais de um demônio falando através dele. O que Cristo disse sobre demônios no Novo Testamento estava certo. Quando um homem ficava desequilibrado, significava que espíritos malignos haviam entrado nele para brincar com seu caos interno. Não, não era a voz de seu marido, a voz de Obiora.

Mas Amaka não perderia a cabeça, longe disso. Ela iria observar os acontecimentos. Acreditava no casamento. O casamento a tinha tornado centrada, tolerante e tranquila. Só mesmo o destino lhe pregava peças. Deus a privara da maior bênção concedida a uma mulher, a alegria de ser mãe.

Seria realmente o fim do mundo? Ela seria de fato inútil para a sociedade se não se tornasse mãe? Seria inútil para o mundo se não fosse casada? Com certeza não. Então por que estava sofrendo essas injúrias tanto do marido como da sogra? Poderia adotar um filho e uma filha. Poderia ser mãe deles. Poderia ir para algum lugar distante, talvez Gana ou até o Zaire, para adotar um menino e uma menina.

Esses lugares distantes a atraíam. As crianças cresceriam sem saber sobre seus parentes e, caso descobrissem que não eram filhos dela, não encontrariam sua verdadeira casa. Amaka faria isso. Ela os amaria e eles a amariam.

Então pensou nas crianças de seus irmãos e irmãs. Podia pedir que cada um deles lhe mandasse uma criança. Iria cuidar delas. As crianças a chamariam de titia, e ela iria amá-las, mandá-las para a escola e mimá-las de verdade. Isso seria melhor que a adoção. Ainda era muito conservadora. A ideia de adoção não era estimulante. E o risco genético? Não, preferia pedir por alguns de seus sobrinhos e sobrinhas. Faria isso. Eram sangue de seu sangue.

Teve então outra ideia. Poderia se casar com uma jovem e empurrá-la ao marido. Iria vesti-la bem para atrair Obiora. O marido dormiria com a jovem, que ficaria grávida, e tão logo engravidasse, Amaka a afastaria do marido e cuidaria dela. Para garantir, levaria a jovem ao hospital, e então a confinaria dentro de casa até que o bebê nascesse.

E o que aconteceria depois do nascimento do bebê? Seria capaz de controlá-la? Encolheu os ombros. Não queria controlar ninguém. Só queria ser. Queria paz para fazer suas coisas, ficar bonita, usar boas roupas, ir ao cabeleireiro toda semana e, de fato, aproveitar a vida.

Não, não iria empurrar uma esposa para o marido. Ia apenas trazer uma criada, deixá-la à vontade e, caso ela engravidasse, alegaria que o bebê era seu. Mais uma vez, o mesmo problema: a genética. Qualquer uma não serviria.

"Que vida!", exclamou Amaka.

Relembrou então seus dias de juventude. Talvez não estivesse destinada a ser casada e, muito menos, a ter filhos. Por que então perdia tempo na casa de Obiora, como esposa dele, quando sabia sem a menor sombra de dúvida que seu casamento tinha acabado? Um médico tradicional que ela havia visitado certa vez, em Lagos, lhe tinha dito que o casamento ia continuar a iludi-la. Ele a aconselhou a não se casar. E quando Amaka perguntou se poderia ter filhos sem se casar, o médico foi honesto em dizer que não tinha certeza. Chamou uma mulher de seu culto para examiná-la, apesar de já tê-la examinado ele próprio. Após um exame detalhado, a mulher disse que Amaka carregaria um bebê, mas que precisaria de um homem especial para isso.

Irritada, Amaka deixou o lugar. Já tinha escutado rumores, antes da visita, de que as pessoas daquele culto em Lagos cometiam crimes sexuais, incluindo o incesto. Após aquela afirmação, ela se enfureceu. Achou que o próximo passo seria o médico ou alguém que estivesse por perto avançar em sua direção. Sim, Amaka queria filhos, mas não tão desesperadamente assim.

Seus pensamentos vagaram — ela por acaso era inútil para o mundo por não ter filhos? Não se sentia realizada por não ter filhos? Sua mente foi parar nos bons missionários que a ensinaram na juventude. Eles escolheram estar a serviço de Deus em vez de ter uma família. Será que também não eram realizados? Não deveriam eles, na velhice, ficar felizes ao saber que os meninos e as meninas que educaram se tornaram ministros e chefes de Estado de seus países? Não tinham o contentamento de ter feito o trabalho de Deus na Terra e merecer o reino de Deus?

Então uma mulher não era nada por ser estéril ou por não ser casada? Não haveria outra forma de realização para ela? Não poderia ser feliz, no verdadeiro sentido da palavra, apenas por ter homens que não eram seu marido? De fato parecia haver algo mágico na palavra "marido". Quando criança, seu povo martelava em seus ouvidos que uma garota tinha apenas uma ambição: ser casada. Toda a sua energia era voltada para encontrar um bom marido.

Mas Amaka sabia, pelo comportamento de sua tia e de sua mãe analfabetas, que elas não compartilhavam dessa mesma crença. Sua mãe educou as filhas para serem independentes, sem enfatizar o casamento. Teve vários filhos, sem dúvida, mas a ênfase que havia dado era na autodeterminação e na maternidade. Não tinha coragem de indagar a sua formidável mãe como iria ter filhos sem ser casada.

Amaka se perguntava como suas irmãs casadas estavam se saindo no lar conjugal. Elas haviam sido educadas para desprezar o pai, porque ele era inconsequente. Tinha muitas esposas e vivia bêbado. Não colaborou em nada nas vezes em que mais precisaram; quando ele morreu, foi quase um alívio para elas. Foi um livramento, e elas praticamente comemoraram a sua morte. Já a mãe estava no auge. Apresentava o luto de tal forma que quase convenceu o povo de que se importava realmente com o falecido marido. Mas não se importava. Todos os filhos sabiam que ela não se importava. Especialmente os meninos, e isso os machucou tanto que protestaram em apoio ao pai, mas sem sucesso. No final, a mãe os conquistou.

O que Amaka faria se decidisse deixar o marido? Como ela lidaria com isso? Homens iriam procurá-la, sem dúvida, mas será que iriam ridicularizá-la? Será que iriam usá-la e depois descartá-la? Havia muito a ser dito sobre o casamento, sobre um homem com quem se podia contar e do qual cuidar e tudo o mais. Mas sem tal homem, o que uma mulher deveria fazer? Criar o homem? Ter o segundo melhor? Viver sozinha? Ter uma mulher, como se faz agora na Europa e na América, ou o quê?

Agora, após a discussão com Obiora, uma coisa estava certa: ela sairia e criaria sua casa em algum outro lugar. Viveria uma vida de mulher solteira e respeitável. Ninguém apontaria o dedo em sua direção ou a chamaria de puta, como o marido fez tantas vezes. Encontraria realização, prazer, até mesmo felicidade, em ser uma mulher solteira. A crença errônea de que sem marido uma mulher não é nada deve ser desmentida.

Amaka estava exausta. Naquele dia, forçou-se a cuidar dos negócios mesmo sem vontade e sem saber ao certo o que fazia. Cometeu erros terríveis e foi grosseira com um homem que tentava corrigi-la.

"Você me pagou a mais", disse o homem.

"Sorte a sua. Me deixe em paz", respondeu Amaka, rispidamente.

"Você me pagou cem nairas a mais, está me ouvindo? Alguma coisa aconteceu? Você está bem?"

"O que disse?", perguntou Amaka. Finalmente estava caindo a ficha sobre o que aquele bom homem dizia.

"Você me pagou cem nairas a mais", ele repetiu.

"Ah, meu Deus. Verdade? Obrigada, meu bom homem. Não me sinto bem hoje. Por favor, me desculpe."

Depois desse incidente, Amaka deixou o local e foi direto para casa.

A empregada estava lá. Seu marido havia chegado, comido e saído. Ela conseguiu engolir alguma coisa e foi para o quarto descansar. Estava prestes a adormecer quando o marido voltou.

"Você não estava aqui quando cheguei", começou ele.

Ela queria dizer: "Quantas vezes você me encontrou em casa essa semana ao voltar do trabalho?". Mas pensou melhor e não disse nada.

"Você viu a minha mãe?", perguntou ele.

"Não, não vi sua mãe. Ela voltou?"

"Ela disse que voltaria hoje. Espero que você tenha preparado algo pra ela comer. Como você sabe, minha mãe é bem exigente com o que come."

"A empregada vai cuidar disso. Temos tudo em casa", respondeu.

"Não quero que a empregada cozinhe. Quero que você mesma faça a comida da minha mãe. Se você não quiser cozinhar, eu mesmo vou fazer ou pedir a outra pessoa que faça."

"Talvez possa achar alguém que cozinhe pra você. Estou cansada. Na verdade, estou exausta. Mal consigo levantar da cama. Faça como quiser e me deixe em paz, eu imploro."

"Você me disse pra fazer o que eu quiser?"

"Sim, disse. Você tem feito o que quer já há algum tempo. Não tem ninguém que o impeça de agradar a si mesmo. O que quero que você faça por mim é simplesmente me deixar em paz."

Houve um silêncio. Então Obiora perguntou: "Você viu eles?".

"Eles quem?"

"Meus filhos."

"Não, não vi. Onde estão?"

"Minha mãe trouxe eles aqui pela manhã. Você estava no trabalho."

"Onde estão agora?"

"Minha mãe deve ter saído com eles de novo", disse Obiora.

"Fico contente por você. Estou feliz por você."

"Você está feliz?", perguntou ele, desconfiado.

"Óbvio que estou."

"Você não está só fingindo estar feliz?"

"Estou feliz e triste ao mesmo tempo. Feliz porque você tem a prova da sua masculinidade. Triste porque eu não posso ter um bebê, e a sua prova é também a prova da minha esterilidade."

"Olha como fala. Não é tão ruim assim", ele a repreendeu.

"É pior. Não vamos mais falar disso. Você não respondeu a minha pergunta. Onde está a mulher dos seus filhos agora?"

"Você quer dizer a minha esposa?"

"Chame como quiser. Eu vou continuar chamando de mãe dos seus filhos. Onde ela está?"

"Você vai chamar de minha esposa. Ela é minha esposa", ordenou.

"Parabéns. Pensei que nesse tipo de situação uma esposa, mesmo estéril, deveria ser levada em consideração. Me intriga como você fez tudo isso pelas minhas costas: se envolver com uma mulher, ter filhos com ela e se casar sem me dizer uma palavra. Você mudou muito, meu marido. Eu também poderia mudar, você sabe."

"O que isso significa?"

"Significa que eu poderia fazer muito pelas suas costas sem que você nunca descobrisse", ela explicou.

"Como se prostituir?"

"Não. Deus me livre, nossa terra proíbe isso. Nossos deuses e deusas proíbem esse ato. Nossas mulheres, nós, mulheres da nossa terra, abominamos isso. Particularmente abomino não só por razões morais, mas porque não fui feita pra isso. Nunca poderia fazer amor com dois homens ao mesmo tempo por dinheiro, ou pelo que eles chamam de amor."

"Continue, você não disse nada que eu já não tenha ouvido. O que você faria pelas minhas costas?"

"Nada."

"Nada?"

"Isso, nada. Não vou ser uma prostituta, é só o que sei."

"Então o quê? Dormir por aí com outros homens? Desembucha. O que você faria pelas minhas costas?"

"O que você tem feito pelas minhas costas?"
"Eu sou um homem."
"Eu sou uma mulher."
Ele investiu contra ela. Era um homem muito forte. Havia batido em Amaka uma vez nos seis anos de casamento, e durante uma semana ela não se recuperou da surra. Seu rosto ficou inchado, a cabeça doía. Teve hematomas por todo o corpo. Obiora ficou arrependido e penitente. Por uma semana, ele também não foi trabalhar. Pegou uma licença e ficou em casa. Cozinhou para ela, estava realmente arrependido. Ele a idolatrava e dizia que aquilo nunca mais aconteceria. Foi no segundo ano de casamento. O fogo da paixão ainda queimava. Amaka não conseguia se lembrar exatamente do que causou a surra. Houve uma discussão, ela se recusou a ceder porque estava certa do que dizia. E ele se recusou a ceder porque era seu marido e, em virtude disso, estava certo. "Você não deveria discutir com o seu marido." Uma mulher que tentava ganhar uma discussão do marido era "uma Maria João".

Amaka não deu o braço a torcer. Conseguia ser teimosa, por isso continuou. Então, para acabar com toda a discussão, para que sua esposa não o dominasse, ele usou a força bruta. Ele a espancou tão impiedosamente que Amaka pensou que iria matá-la. Ela tocou o alarme e, quando os vizinhos chegaram, Obiora a tomou nos braços enquanto chorava, implorando que os deixassem em paz.

Amaka aprendeu com aquele incidente que nunca mais ficaria impotente e assistiria a um homem, muito menos seu marido, bater nela. Deveria se defender. Ela mesma chegou a essa conclusão. Assim, quando foi à cabeleireira em um sábado e ouviu uma moça recém-casada contar que o marido a espancara tanto que ela havia desmaiado e sido levada ao hospital, onde ficou por duas semanas, Amaka se virou para a moça e disse:

"Ele vai fazer de novo. Homens são bestas, por isso cuidado. Pense no que foi que levou à surra e se certifique de que isso não se repita. Se seu marido fosse um homem bom, ele tentaria evitar tal coisa. Mas o problema dos nossos homens é o ego deles. Eles se recusam a apreciar as suas esposas. Ainda assim, apreciam a mãe e as irmãs, mas nunca as esposas. Seu marido sempre irá mostrar que é ele o homem da relação e vai colocá-la no seu devido lugar, que é debaixo dos pés dele. Nosso devido lugar não é na cozinha, como erroneamente pensamos, mas bem debaixo dos pés dele. Ele gostaria de controlar todos os seus movimentos, e fica ainda pior se você depender dele financeiramente.

"Agora, com relação à surra, esteja sempre pronta pra se defender. Nunca grite quando ele estiver batendo em você, especialmente sem encontrar algo pra revidar. Por isso eu digo: lute também. Mantenha um bastão por perto. Se ele golpear o seu rosto, pegue o bastão e golpeie o corpo dele. Mas devo te avisar: nunca bata na cabeça ou você poderá matá-lo. Ouvi falar de um homem que se passava por filósofo e acadêmico. Tinha uma esposa linda, mas insensata — assim foi contada a história —, como se beleza e bom senso não andassem juntos. Esse honrado filósofo e acadêmico, sem nenhuma razão, bateu tão impiedosamente na esposa que a bela e insensata jovem rapidamente aprendeu sua lição. Um dia tiveram outra briga. Antes que investisse pra cima dela como um toureiro, ela pegou uma vara de ferro bem pesada e bateu nas costas do homem. Ele ficou no chão e chorou feito uma criança. Ela chamou uma ambulância e o marido foi levado ao hospital. Ficou lá por três meses. Acha que o homem ousou bater nela de novo?"

Obiora nunca mais bateu em Amaka após aquele incidente, e ela, do seu jeito, tentou evitar qualquer discussão que pudesse levar a uma demonstração de força, dando provas de que era ela quem realmente vestia as calças naquele relacionamento. Por que então Obiora estava correndo para bater nela agora? Não, não ia lutar contra ele. Já era tarde demais. Muita coisa havia acontecido no último ano. Seu marido tinha passado por tantas mudanças. Brigar agora era inútil. Queria continuar com o casamento. Não queria deixá-lo. Mas parece que havia uma conspiração para levá-la a abandonar seu lar conjugal.

Por um lado, quando Obiora disse que tinha filhos, ela não ficou propriamente feliz, mas sentia-se, sim, aliviada. Havia paz dentro de si. Ao menos seu marido estava contente. As pessoas agora sabiam que a culpa era dela, e não dele. Podia ser doloroso chegar a essa conclusão, mas era também reconfortante para Amaka, que era amorosa e doce à sua maneira.

Assim, não revidou. Fez o que nunca havia feito antes. Fugiu do marido, entrando no banheiro e trancando a porta.

Obiora bateu na porta. "Abra a porta, sua puta, sua mulher inútil, sua prostituta. O que você tem feito pelas minhas costas? Dormido com outros homens? Hoje vou matar você e levar seu cadáver pra sua mãe, e ninguém vai fazer perguntas. Quer dizer que você tem dormido com homens na nossa cama? É isso que você quer dizer? Abra a porta; vou acabar com você."

Amaka olhou ao redor. Estava bastante assustada, mas também com muita raiva dessa reação tão violenta. No pequeno banheiro, havia um martelo que o carpinteiro tinha usado para consertar a porta no dia anterior. Deus abençoe o carpinteiro, que esqueceu de levá-lo. Os artesãos nigerianos e sua atitude no trabalho! Como é que um carpinteiro poderia esquecer sua ferramenta mais valiosa, um martelo, e por um dia inteiro não ter sentido falta dela?

Ela se armou com o martelo e esperou. De início, queria abrir a porta e atacar o marido, mas mudou de ideia. Fazer isso seria agressão. Esperaria que ele arrombasse a porta e, em seguida, o atacaria com o martelo — isso seria autodefesa.

"Será que a porta não vai quebrar?", Amaka pensou, enquanto seu marido batia sem parar. Aquela devia ser uma porta firme; afinal de contas, estava resistindo a tanta força.

De repente, sem que esperasse, a porta foi aberta. Amaka se esquivou quando o marido a atacou com as mãos. Ela então se levantou rapidamente e deu um forte golpe no peito dele com o martelo. Obiora simplesmente se espatifou no chão do banheiro, sem nem conseguir gritar.

"Eu matei meu marido, eu matei meu marido! Obiora, Obiora, por favor, fale comigo. Eu matei você? Ai, meu Deus, eu matei você? Por favor, fale alguma coisa, fale alguma coisa pra Amaka, sua esposa. Corram, corram, eu matei meu marido, eu o matei. Venham todos, venham, chamem a polícia, eu o matei. Vocês não me ouvem, meu povo? Eu matei meu marido. Aqui está o martelo do carpinteiro; esta é a prova. Eu o usei, eu o golpeei, eu o matei. Ele não me fez nada. Sou uma mulher ruim. Venham, venham todos, venham salvá-lo e me matem."

Os vizinhos se aglomeraram, com olhos e ouvidos atentos à cena dramática. Então a "rainha-mãe" entrou em cena, viu a multidão e desmaiou. Tanto a mãe como o filho foram levados para o hospital pelos vizinhos generosos.

4

Ao se convencer de que Obiora estava sofrendo mais com o choque do que com qualquer lesão grave, Amaka decidiu deixar o lar conjugal. Era óbvio que seu casamento havia morrido e, quanto mais cedo fosse enterrado, melhor. Como tinha decidido deixar aquele lar, era melhor se mudar para longe, para fora de Onitsha de uma vez. Mas para onde? Quem ela tinha fora de Onitsha? Sua irmã Ayo havia se mudado recentemente para Lagos e vivia lhe pedindo que fosse visitá-la nas férias. Bem, então estava decidido: Lagos; era o lugar certo para os negócios, para ganhar dinheiro e viver bem.

Em vinte e quatro horas, Amaka havia empacotado todos os seus pertences em um grande baú que deixou com sua mãe. Algumas semanas mais tarde, levou consigo uma mala de roupa no ônibus para Lagos. A irmã ficou feliz em vê-la. No dia seguinte, Amaka foi à cidade para comprar alguns artigos básicos para si mesma.

Ela estava fazendo compras nas Lojas Kingsway, quando viu Adaobi. As duas se reconheceram imediatamente. "Amaka, bem-vinda a Lagos. Como você está, minha querida?" Abraçaram-se de novo. Adaobi então levou Amaka até uma cafeteria.

"Você está aqui de férias? Onde está hospedada? Como vai o Obiora?" Adaobi jogava perguntas para Amaka enquanto elas se sentavam e pediam bebidas.

"Espere um pouco, querida. Tenho uma longa história pra contar."

Quando Amaka terminou de contar suas experiências, Adaobi ficou em silêncio por alguns minutos. Em seguida, falou lentamente: "Ego me contou um pouco do que aconteceu com você e o seu casamento. Não consigo imaginar o incidente por inteiro. Obiora era uma pessoa tão adorável. Tão atencioso e amoroso, como ele pode ter mudado tanto?".

Adaobi e Obiora eram próximos na escola. Obiora gostava muito de Adaobi e queria se casar com ela, mas Adaobi não estava interessada. A mãe de Obiora também não aprovava o casamento. Foi por intermédio de Adaobi que Obiora conheceu Amaka e se apaixonou por ela.

"Azar o meu", disse Amaka. "Quando deixei meu lar conjugal, minha mãe ficou desapontada. Fui recebida com palavras duras. Você conhece a minha mãe. Olha as coisas que ela chegou a me dizer: 'Sua tola. Você não é minha filha. Eu disse pra deixar aquele seu marido anos atrás se ele não fosse capaz de engravidar você'. Adaobi, você sabe como ela é rude. E não parava. Era tão impiedosa, tão cruel, que caí no choro. Mas ela não parava: 'Eu disse, há quatro anos, pra deixá-lo, ou, se você não quisesse, pra ir atrás de outros homens e engravidar. Você é minha filha. Nós nunca somos estéreis em nossa família, nunca. Mesmo na família do seu pai, aquele imbecil, não havia nada nem perto da esterilidade. Mas você se recusou a seguir meu conselho. Uma ova que você estava sendo uma boa esposa, casta e fiel! Pode ir em frente e engolir toda a virtude. Aqui estão os pertences que você me enviou dessa maneira vergonhosa; minha filha, humilhada desse jeito. Você não é minha filha. Você viu agora o que aconteceu quando o marido da sua irmã mais velha começou a zanzar por aí? Aconselhei e ela me ouviu. O marido dela veio até mim. Ele veio lá de Jos pra implorar que eu o perdoasse. Eu o perdoei e o adverti.

"'E você teve a coragem de me dizer, na frente do seu marido, pra eu não interferir nos assuntos da sua casa. Que merda! O que você quis dizer com interferir? Por que eu não deveria dizer nada sobre a felicidade da minha filha e do seu marido? Se eu não interferisse, estaria sendo perversa. Teria falhado no meu dever como mãe.

"'Então sua outra irmã me vem com um ar superior de quem foi pra casa de um homem branco. Eu disse uma ou duas boas verdades pra ela quando aquele marido engomado arranjou uma amante com idade suficiente pra ser mãe dele. Eu disse a ela o que fazer. Ela fez, e o marido cedeu. A posição dele estava ameaçada. Não quis perder o emprego por causa dos mexericos que teriam surgido se ele tivesse sido tolo o suficiente pra expulsar a própria esposa.

"'Ayo é a única entre vocês que se parece comigo. Nunca aceitou tolices de homem nenhum. Quando o marido dela começou com gracinhas, ela o deixou e foi 'bancada' por um secretário permanente quando a esposa partiu pra terra do povo branco pra ler livros. Mulher tola, deixar o marido assim por tanto tempo só pra ler livros.

"'Ayo se mudou pra cá. Em quatro anos, teve quatro filhos. Em quatro anos, seu 'marido' mandou ela pra escola pra se aprimorar. É mais esperta do que todas vocês. Ela se qualificou como professora. No quinto ano, pôde fazer com que o 'marido' comprasse uma casa em Surulere; naquele mesmo ano, a esposa voltou sem nada, e minha filha se mudou completamente de graça com os filhos pra sua própria casa. Na posição dela, o que poderia querer de um homem? Quero perguntar a mesma coisa pra você. Agora, já tarde na vida, você vem chorando pra mim. Que vergonha'.

"Então minha mãe começou a chorar. Nunca tinha visto minha mãe chorar daquele jeito. Quando nosso pai morreu, ela não chorou assim. Aquele choro e o meu sofrimento devem ter me transformado muito. Fiquei com ela por um tempo, depois decidi vir a Lagos pra recomeçar a vida."

"Não importa, Amaka. Estou feliz de ver você em Lagos", disse Adaobi. "Sempre acreditei que, se a pessoa comete um erro no casamento, não deve carregar esse erro. Deve tentar recomeçar. Conheço bem você e sei do que é capaz."

"Agora, apesar de tudo, ainda amo Obiora. De início, pensei que o casamento envolvia duas pessoas, mas estava errada. Pensei que o foco seria nessa relação única entre marido e mulher, e que filhos nem importavam. Eu estava errada. Um casamento sem filhos não dura na Nigéria de hoje. Por isso, se uma esposa não consegue ter filhos do seu marido, ela deve ir embora e tentar em outro lugar."

Elas pediram mais café e refrescos. "Adaobi", continuou Amaka, "estou perdida. Sou uma pessoa maternal. Preciso de apenas um homem. Não sou como a minha irmã. Mas agora a ideia de um marido me assusta. Vim pra Lagos pra recomeçar. Trabalhei como empreiteira em Onitsha. Posso trabalhar aqui também, se encontrar alguém pra me ajudar."

"Vou falar com o meu marido. Talvez ele possa ajudar. Se anime e não deixe transparecer sua falta de sorte. Nunca se sabe: as coisas podem dar certo pra você agora que está em outro lugar."

As mulheres conversaram sobre os tempos de escola e os amigos. Aqueles que se deram bem e os que não tiveram a mesma sorte. Uma garota em particular foi lembrada. Toda vez que Amaka se recordava da história dela, admirava sua coragem.

A garota era três anos mais velha, muito ativa e inteligente. Em seu último ano de escola, engravidou. O homem responsável por isso era uma liderança no governo. Sua esposa havia morrido repentinamente em um acidente de carro, e essa moça, Tunde, tinha se reunido com alguns vizinhos para o funeral e tudo o mais.

O homem gostava de Tunde, e o resultado foi que ela ficou grávida. Quando soube, Tunde foi até ele e contou da gravidez. O homem perguntou o que ela pretendia fazer. Tunde afirmou que queria ter o bebê. "Você terá o bebê, e eu fico responsável por vocês", disse o homem. Então Tunde seguiu com a gravidez. Esperava que ninguém descobrisse. Tinha apenas dezoito anos. Não mostrava sinais de mudança, cansaço ou fraqueza. Fez o que se esperava dela. Participava de jogos como sempre e realizava muito bem os trabalhos da escola.

Mas como alguém pode esconder uma gravidez? A situação começou a ficar visível. As meninas fofocavam e os professores ouviam. Tunde foi então convocada para o gabinete do diretor. Negou estar grávida. O médico da escola foi chamado e confirmou a gravidez de cinco meses. Tunde não podia mais negar. O homem veio até o diretor e assumiu sua responsabilidade. Ele se casaria com ela, lamentou, foi um erro — mas falava para o nada. Nem o diretor, nem os professores, nem mesmo as meninas tinham simpatia por Tunde e seu amante.

Logo foi expulsa, mas autorizada a fazer seus exames. As meninas foram cruéis, zombavam dela, e Tunde se tornou infeliz.

As autoridades escolares não pararam por aí. Uma mãe mais velha foi convidada a ir à escola conversar com as meninas sobre os méritos da virgindade. A virgindade era sagrada. Era o orgulho delas. Era valiosa. Era respeitada pelos maridos, e, se fosse perdida, nunca mais poderia ser recuperada.

Adaobi estava determinada a ajudar sua amiga Amaka. Quando chegou em casa naquela tarde, contou a seu marido sobre ela.

"Mike, você se lembra daquela garota da nossa classe, de quem eu costumava falar, que parecia ter tudo?"

"Sim, o que tem ela?"

"Está em Lagos, eu a encontrei hoje nas Lojas Kingsway e ela me falou do seu casamento."

"Aquela que você encorajou que se casasse com o seu namorado?"

"Se você quer colocar as coisas dessa maneira..."

"Seu namorado, Obiora. Eu salvei você daquele homem, Adaobi."

"Você me salvou, meu querido marido. Por acaso eu não mostro como sou grata por ter me salvado do meu namorado cruel? Você me salvou, meu amor. Não tenho como negar isso. Mas Obiora mudou muito. Ele era um namorado tão maravilhoso, tão atencioso, tão compreensivo. Com ele, nunca havia um momento de tédio. Eu estava loucamente apaixonada naqueles dias. Então papai disse não pro nosso casamento. Depois, convenceu a minha mãe e eu não pude fazer nada."

"Foi aí que eu apareci. Você era difícil. Trazia todos os tipos de problemas, mas eu não cedi, porque no momento em que vi você, quando voltava pra casa de licença, sabia que tinha encontrado uma esposa. Movi montanhas pra torná-la minha. Fiz de tudo pra que você dissesse sim.

"Sua mãe e seu pai concordaram, mas levantaram a questão religiosa. Eles me deixaram balançado, mas eu disse que estava disposto a ter um casamento em outra religião. Minha mãe reclamou, mas eu a acalmei. Sabia que os seus avós tinham sido fundamentais pra fundação da igreja anglicana na sua cidade, e que a igreja era considerada propriedade deles. Não seria apropriado que você abandonasse a igreja. Eu sabia o que estava fazendo. Se você tivesse seguido a minha religião naquela época, a influência da sua igreja na cidade teria diminuído."

"E depois de cumprir o seu dever, você se recusou a ir à minha igreja, exceto em ocasiões cerimoniais."

"Responde: foi fácil pra você acompanhar a nossa missa?", perguntou Mike.

"Não foi", respondeu ela, com sinceridade.

"Aí está. Fui educado pra ser católico apostólico romano. Não foi fácil pra mim mudar. Mas eu tentei."

"Certo, você venceu."

Um dos filhos do casal entrou.

"Mamãe, você estava discutindo com o papai? Eu escutei a sua voz. Sobre o que era a discussão?" Era a terceira filha deles, que tinha apenas três anos e meio.

"Não, meu anjo, não estávamos discutindo", e começaram a rir. "Você já tomou o seu leite, Adaeze?", perguntou Adaobi.

"Mamãe, eu não tomo mais leite. Só Obi ainda toma. Só bebês tomam leite, mamãe. Obi é o bebê da casa. Eu sou uma garota crescida e..."

Ela correu para fora do cômodo quando a babá a chamou.

"Adaeze é outra...", disse Mike. "A maneira como ela cresce. Desse jeito vai ser mais alta que o nosso primeiro filho antes de fazer dez anos. Acho que ela puxou ao seu pai, que tem um metro e oitenta. Mas Adaeze é mulher. Melhor não ficar tão alta."

"Você parece um desses machistas. O que a altura tem a ver com a nossa Adaeze?"

"Muita coisa, minha esposa feminista. Quem vai se casar com ela se ficar tão alta? Precisaria de um homem gigante pra aceitar isso."

"E qual o problema de uma mulher se casar com um homem mais baixo do que ela, quero saber."

"Não sei exatamente, mas sempre foi assim. E nunca vai ser de outro jeito. Então devíamos tentar retardar esse crescimento tão rápido da nossa filha. Se tivesse qualquer coisa que eu pudesse fazer nesse sentido, eu faria", disse o marido.

"Vamos dizer que se case com alguém mais alto então. Na geração delas, não acho que lidarão com o que as suas mães precisaram lidar", respondeu Adaobi.

"Então ela vai continuar solteira, uma solteirona triste, deixada às traças. Imagino que você adoraria isso."

"Ah, ela poderia conhecer amigos homens, ter filhos e levar uma vida independente", disse Adaobi.

"E quem está enchendo você com essas ideias desnaturadas? O que você tem lido? Ah, sim, você comentou ter visto a mulher do seu ex-namorado. O que ela te disse?"

Adaobi era sensata. Tinha ido longe demais. Não queria continuar a conversa. Então foi um grande alívio quando o marido perguntou sobre Amaka e o que ela lhe havia dito.

"Amaka deixou Obiora em circunstâncias muito dolorosas. Você sabe que ela não pôde ter uma criança. Não queria ir embora, na verdade, mas as coisas chegaram ao limite e então ela decidiu partir. Está em Lagos agora e quer começar a trabalhar como empreiteira aqui. Pensei que você poderia ajudá-la. A gente se encontrou na Kingsway, e ela tinha muito pra me contar. Querido, quando encontramos alguém como Amaka, agradecemos a Deus por qualquer misericórdia."

"Ela já registrou a empresa?", perguntou ele.

"Acredito que sim, mas vou checar. Ela vem nos visitar no domingo."

Amaka foi à casa da amiga no domingo. O marido de Adaobi estava lá e a recebeu de coração aberto. Amaka andava bastante sensível naqueles dias e gostou da forma como foi bem recebida; ficou sinceramente feliz.

"Você tem uma bela casa. Gostei do jardim, tão bem cuidado."

"É trabalho da sua amiga. Eu raramente fico em casa. Como ela encontra tempo pra cozinhar, cuidar do jardim, das crianças, frequentar os encontros da igreja e trabalhar em período integral vai além da minha imaginação. É uma esposa e mãe maravilhosa."

Amaka sentia inveja de sua amiga Adaobi. Algumas pessoas foram feitas para desfrutar a vida; outras nasceram para sofrer. Viu no casamento da amiga o que havia planejado para si mesma. Mas não era para ser. Obra do destino. Algumas pessoas eram sortudas enquanto outras nem tanto. Todos aqueles que pediram sua mão em casamento antes de ela se casar enfim com Obiora, não foram feitos para ela. Veio para Lagos para cortar os laços com o passado. Veio recomeçar a vida aos trinta anos, enquanto algumas de suas amigas, que se casaram mais cedo, estavam se tornando avós.

O marido de Adaobi trouxe alguns refrescos e convenceu Amaka a tomar *shandy* com ele. Ela concordou, e o *shandy* — cerveja com Fanta laranja — não era nada mau.

"Adaobi me contou que você está em Lagos agora e gostaria de fazer negócios", comentou ele.

"Ah, sim", respondeu Amaka. Ficou um pouco surpresa com a informalidade do marido de Adaobi, mas apreciou o tom.

"Mike, por favor, vem aqui um minuto?", chamou Adaobi.

Ele correu até a cozinha para ajudar a esposa e logo voltou. "Tenho falado pra sua amiga que ela trabalha demais. Acontece que não sou ouvido. Ela é tão exigente. Tem empregadas e empregados disponíveis pros filhos, mas ela prefere fazer tudo sozinha. A única coisa que consegui evitar foi que batesse o inhame. E ainda fala sobre machismo e essas coisas. Um dia vai ficar doente sem saber a causa. Fale com ela, Amaka."

Amaka ficou impressionada. Então havia maridos que se importavam com suas esposas. Adaobi era uma mulher de sorte, abençoada com filhos e um marido assim.

"Você terá que registrar a sua empresa em Lagos", continuou Mike.

"Já registrei", respondeu Amaka.

"Isso é bom. Você já está por dentro dos negócios. Está com seus documentos de registro aí?"

Ela estava. "Ótimo", falou Mike. Nesse momento, Adaobi entrou e avisou que o almoço estava servido; todos foram para a sala de jantar. Estavam prestes a comer quando o mordomo anunciou que o padre Mclaid esperava à porta. Adaobi foi até a entrada e recebeu o honrado convidado.

"Padre, o senhor sempre na hora boa, como dizem. Por favor, sente aqui. Conheça minha amiga, a sra. Amaka Iheto. Reverendo padre Mclaid", disse, virando-se para Amaka.

Apertaram as mãos, e o homem de Deus se sentou e comeu junto com eles.

Padre Mclaid não tirava os olhos de Amaka. Ele a encarava sem pausa e não foi boa companhia. Amaka estava consciente de que o padre a observava de perto e ficou sem graça. Por sorte, Mike falava sem parar enquanto Adaobi se ocupava em ser a boa anfitriã que era, então também não percebeu nada.

"Como está a paróquia, padre? O senhor anda tão ocupado esses dias. No último domingo, na missa, perguntei pelo senhor e me disseram que tinha ido pro Leste. Como foi? A jovem aqui, uma grande amiga da minha mulher, é do Leste, Onitsha, na verdade. Desde que a guerra acabou, não fui mais lá. Fiquei com medo. Vi a guerra, a devastação da guerra, e quando tudo aquilo acabou, eu estava no primeiro grupo que voltou pra Lagos. Deus abençoe Gowon. Desde então, eu me recusei a ir pra casa. Minha mãe não está feliz comigo, nem meu pai. Ainda assim, não tenho nenhuma vontade de ir pra lá. Mando algum dinheiro de tempos em tempos e fico por aqui. Adaobi já reclamou várias vezes, mas por fim desistiu."

Padre Mclaid sorriu: "Não ligue para isso. Um dia você voltará para enterrar sua mãe e seu pai. Graças a Deus não tenho pais para enterrar. Vocês já têm seguro para isso, Mike e Adaobi?".

"Pro quê?", perguntou Adaobi, colocando outro prato de sopa na mesa. A comida estava bastante quente, mas Amaka apreciava muito a refeição. Havia sido feita naquele dia mesmo. A irmã dela só cozinhava aos domingos, quando então congelava as sopas que fazia, e não preparava mais nada até o domingo seguinte.

Mike ouviu o padre, mas escolheu não responder.

"Bem, acho que alguém deveria escrever sobre o alto custo de morrer atualmente. Devo dizer que estou aliviado de não ter pais para enterrar. Se eu tivesse, precisaria invadir um banco e roubar tudo o que houvesse lá. Nosso povo gasta uma fortuna para mandar os mortos aos seus ancestrais.

"Sabe o que um amigo disse outro dia?", continuou o padre. "Disse que instruiu a esposa a enterrá-lo em Lagos quando ele morresse. Uma pessoa muito jovem. Mas a esposa não gostou e veio até mim aos prantos. Eu disse a ela para não se preocupar, que tudo ficaria bem, que o marido não quis dizer aquilo. Ela insistiu que ele falava sério. Que não era a primeira vez que dizia aquilo. Isso significava que, por ele ser um funcionário público, não tinha como pagar um enterro decente em casa?"

Eles riram. "Mas me diga, padre: o senhor não tem nenhum tio? Irmãos do pai ou da mãe do senhor? Sabe como o nosso povo é unido; quando qualquer um deles morrer, vão se agarrar ao senhor."

"O senhor é do Leste?", perguntou Amaka ao padre. Foi a sua primeira observação feita diretamente a ele.

"O padre é de algum lugar do Leste", disse Mike, feliz em mudar de assunto.

"Então por que o nome?", perguntou Amaka.

"É uma longa história", afirmou Mike, e o padre sorriu.

5

Antes das cinco da manhã, Amaka estava pronta para ir ao ministério encontrar um amigo de seu cunhado, que a tinha convidado para visitá-lo. "Espere até cinco e meia", disse sua irmã, surpresa ao ver que Amaka já estava pronta para ir para Lagos. "Além disso, você tem que comer algo. Pegue um pouco de chá ou café com pão, por favor. E, Amaka, você deve ir com calma em Lagos." Essa era Ayo, irmã de Amaka que vivia em Surulere com os filhos.

Amaka preferia ir cedo ao ministério para encontrar o homem, então arrumou-se logo. Andou uns dez minutos até chegar ao ponto de ônibus. Esperou e esperou, mas não conseguiu nenhum transporte. Não arranjou lugar em nem um ônibus sequer. Quando decidiu que pegaria um táxi, um carro parou e perguntou para onde ela ia. "Lagos." "Entre", respondeu o homem, abrindo a porta.

Amaka sentou-se e o motorista seguiu caminho. Não estava com medo. Já havia morado em Lagos. Falava um pouco do iorubá de lá. Sabia se virar. Então relaxou e esperou pelo que o homem iria falar ou fazer.

Para surpresa de Amaka, o homem não disse nada. Continuou simplesmente a dirigir, e ela ficou preocupada. Não era algo comum em Lagos. Nos bons tempos, antes da guerra, quando um homem parava para dar uma carona e você aceitava, os dois imediatamente se aproximavam e conversavam como se se conhecessem havia anos. Por que esse homem não falava nada? Ela precisava começar uma conversa.

"Muita gentileza a sua me dar uma carona, senhor. Sou muito grata."

"Ah, o prazer é meu", falou o homem — seguiu-se um silêncio desconfortável que durou cinco minutos. Agora Amaka estava ficando inquieta. Será que o homem a estava levando a algum lugar para matá-la? Havia muitos casos de assassinato em Lagos. Crianças desapareciam, esposas, maridos saíam para o trabalho e não retornavam, e não havia nenhum vestígio deles, nem mesmo de seus corpos.

O trânsito estava lento. Eram quase sete da manhã. Os dois realmente se dirigiam para Lagos. A cidade tinha mudado muito, mas Amaka ainda não sabia onde estava exatamente. Tentou pensar em algo para falar para o homem, mas não conseguia achar o que dizer. Então ele finalmente perguntou: "Pra que parte de Lagos você está indo?".

"Rua Broad", respondeu ela, aliviada.

"Você quer dizer rua Yakubu Gowon?", ele disse, sorrindo pela primeira vez.

"Ah, é assim que essa rua se chama agora?", respondeu Amaka, sentindo-se confortável.

"Sim, em homenagem ao nosso chefe de Estado, mudou de rua Broad pra rua Yakubu Gowon", explicou o homem.

"Veja só, rua Yakubu Gowon", disse ela.

"Você tem amigos lá?", perguntou ele. Agora sim, Amaka pensou. Aquele silêncio de antes era ensurdecedor.

"Não, não tenho amigos lá. Vou enviar uma carta de solicitação ao ministério."

"Você tem alguém lá? Quero dizer, alguém que você conheça?"

"Tenho uma mensagem do meu cunhado para entregar a um *alhaji*."[4] Ela disse o nome do *alhaji*, e o homem sorriu: "Sou eu mesmo".

Amakaestava tão contente que não sabia o que dizer. Seria uma coincidência? Era muito bom para ser verdade. Aquilo tinha sido planejado? Quem planejou? Será que ela era tão sortuda assim? Nunca se considerou uma mulher de sorte. Se fosse realmente sortuda, suas relações com os homens não teriam sido tão caóticas e insatisfatórias. Agora estava em Lagos para começar uma vida nova. Talvez as coisas fossem melhorar para ela. Até aqui, todos que encontrara foram generosos: sua irmã e seu cunhado, Adaobi e o marido, e agora esse homem.

"Então você conhece meu cunhado?", perguntou ela.

"Não só conheço o seu cunhado, como também a sua irmã Ayo. Eu vi quando você estava saindo de casa essa manhã. Na verdade, vi você no dia em que chegou. Sua irmã não é muito sociável. Acho que ela gosta de ser discreta. Ayo parece ser uma garota bastante inteligente, e admiro o jeito como toma conta dos filhos. Hoje eu acordei às cinco e meia e vi você sair de casa. Pensei comigo mesmo: aonde essa mulher está indo a esta hora da manhã? Preciso descobrir. Então me preparei para o trabalho, peguei a rota do ônibus e vi você no ponto, ainda esperando. Bom, mas para resumir: seu cunhado é um grande amigo da minha família. Nós o salvamos durante a guerra civil. Quando os soldados vieram buscá-lo em Jos porque ele era ibo, impedi que o levassem. Eu disse que precisariam levar nós dois para quem

---

4 Do árabe *Hajj*, título de honra dado, na tradição muçulmana, a anciãos ou a indivíduos que realizaram a peregrinação a Meca. Uma variação do emprego do termo encontrada na Nigéria refere-se a um título de respeito concedido a empresários.

quer que fosse o comandante deles, e eles passariam todos pela corte marcial. Ficaram com medo e o deixaram em paz. Bem cedo na manhã seguinte, eu o mandei pra minha vila, não tão longe. Lá ele ficou escondido por seis meses; então eu o trouxe de volta. Na época as coisas já tinham melhorado, os soldados não estavam tão violentos como antes, e nós nos tornamos amigos desde então."

Estavam agora perto do ministério. O *alhaji* estacionou o carro e abriu a porta para Amaka. No escritório, requisitou a solicitação dela, chamou alguém para cuidar dos detalhes e a liberou para ir embora. Ela receberia um retorno mais tarde.

Amaka ficou surpresa ao receber um contrato para fornecimento de papel higiênico no valor de dez mil nairas. Não conseguia acreditar. Rolos de papel higiênico valendo tanto, sem que desse dinheiro para ninguém? Não era assim em Onitsha e Enugu. Antes de se encontrar com o chefe, era necessário primeiro se encontrar com o mensageiro, que então diria ao chefe que alguém o estava esperando. Se não falasse com o mensageiro, sem chance. Seus documentos desapareciam toda vez que terminava um trabalho. Quando entendeu o que era esperado dela, os documentos não sumiram mais.

Antes da guerra, um funcionário do governo raramente pedia suborno. Se você lhe desse um presente assim que o trabalho estivesse cumprido de forma satisfatória, quando você já tivesse recebido o pagamento, ele ficaria agradecido. Infelizmente, não era mais assim. Tinha-se que dar dinheiro antes de ao menos ser considerado para um contrato.

Para registrar sua empresa em Lagos, Amaka deveria procurar quem lidava com isso. Foi então apresentada à pessoa responsável e, em poucos dias, conseguiu registrar sua empresa — era comum que levasse de dois a três anos para uma empresa ser registrada em Lagos. Aquela cidade era, afinal, boa para ela. Lagos era gentil com Amaka. Ela deveria, no entanto, ter cuidado: não iria se envolver com homens outra vez. Já estava farta. Não veio para Lagos para ser uma prostituta. Veio atrás de sua identidade, para recomeçar. Ninguém iria bagunçar sua vida novamente.

Com a ajuda da irmã, Amaka conseguiu levantar dinheiro do banco e fornecer ao ministério os rolos de papel higiênico que valiam, ao todo, dez mil nairas. Obteve um lucro imediato de três mil nairas. Três mil nairas só para ela!

Procurou um apartamento e logo se mudou. Ia visitar sua amiga Adaobi de tempos em tempos. Contou sobre sua boa sorte. Adaobi ficou feliz por ela, mas Amaka também sentiu um pouco de inveja na amiga. Era perceptiva e notou. Com certeza era isso. Decidiu então que seria mais cuidadosa no futuro. Não depositaria mais tanta confiança nas pessoas; não iria contar quanto dinheiro estava ganhando.

Na mesma noite, Adaobi comentou com o marido. "Querido, estamos perdendo tempo no ministério, sabe, trabalhando até a morte e recebendo míseros salários, achando que estamos indo maravilhosamente bem. Veja Amaka, que veio pra Lagos outro dia, recebendo tanto dinheiro apenas por fornecer papel higiênico."

"Você quer registrar uma empresa?", perguntou ele.

"Não estou de brincadeira."

"Eu também não estou brincando, Adaobi. Falo sério. Se você quiser registrar uma empresa, primeiro renuncie ao seu trabalho no serviço público e comece a pular de ministério em ministério. É uma coisa ou outra. Você não pode fazer as duas. Talvez, quando você for a um desses ministérios caçar contratos, possa aproveitar e falar que seu marido foi morto durante a guerra e você foi deixada com quinze crianças pra cuidar. Fala também que o irmão do seu marido queria se casar com você, mas você escapou com suas quinze crianças e...".

"Para!", gritou Adaobi, caindo no choro.

"Mil desculpas, querida, por favor, me perdoa. Fui longe demais? Como você poderia ser uma empreiteira? Não consigo imaginar você uma empreiteira. Sua amiga inveja você. Você tem a mim e às crianças, um bom trabalho e esta casa."

"Esta casa não é nossa. O governo é dono dela. Um dia o governo pode demiti-lo e nós não teríamos nem onde viver. Não temos casa na nossa cidade também." Havia secado as lágrimas e estava assoando o nariz.

"Por que isso agora, Adaobi, por quê?", Mike estava confuso. O que estava acontecendo com sua esposa? Será que Amaka veio de Onitsha para bagunçar sua casa? Adaobi nunca tinha se comportado dessa maneira antes. Era uma esposa e mãe tão contente. Será que ela havia avaliado bem quanto custara à amiga a situação atual? As dores pelas quais Amaka teve que passar antes de conseguir lucrar? Seria sempre só lucro, nunca perda? O que Amaka daria para o *alhaji* em troca do contrato? E será que Amaka continuaria conseguindo esse tipo de contrato?

Ele iria falar com o padre. Sua esposa estava se comportando de maneira estranha nos últimos dias. À noite, Mike foi parar na sala de estar do padre. Quando estava prestes a se sentar, Amaka chegou em um táxi. "Então Amaka conhece a casa do padre", disse Mike a si mesmo.

O padre ficou surpreso ao vê-los e pensou que estavam juntos. Serviu alguns refrescos e, quando Mike se levantou para ir embora, seguiu-o até a porta. Mike, por algum motivo, não quis contar ao padre por que veio. Afinal, pensou ele, como um padre saberia das dores do casamento se era casado com Deus? Que conselhos daria? Será que não estava exagerando? Certamente, sua Adaobi não era má esposa. Nunca havia reclamado dela para ninguém, por que começar agora?

"Estava passando por aqui, padre, então pensei em vir cumprimentá-lo. Não temos visto o senhor ultimamente. É sempre bem-vindo em nossa casa. Adaobi, particularmente, gostaria de vê-lo nos finais de semana ou a qualquer hora em que estiver livre."

"Andei ocupado", disse o padre Mclaid. "Havia muito trabalho a ser feito, e, cerca de quinze dias atrás, pediram que eu assumisse o cargo do reverendo Stephen, que foi para casa, pois a mãe estava doente e precisava dele. Ela tem setenta anos. E você sabe como ele é apegado à mãe."

"Isso significa que o senhor irá aos refeitórios dos quartéis com frequência pra conduzir a missa aos soldados?", perguntou Mike. E então entendeu por que Amaka estava ali. Mike virou-se para ela.

"Senhorita, é um prazer vê-la. Não a vemos desde aquele dia na casa da sua amiga. Você começou a frequentar a igreja? Sua amiga me contou sobre você e seus problemas. Será que posso ajudá-la em algo?"

Amaka veio conversar com o padre para uma apresentação. Como ela própria disse, e acreditava nisso, tinha muito mais sorte em Lagos. Estava na casa de sua irmã Ayo quando um grupo de jovens mulheres entrou. Eram empreiteiras. Quase todas perderam o marido na guerra e todas se mudaram para Lagos porque havia alguns serviços a serem prestados ao Exército.

Amaka não conhecia nenhuma delas, e Ayo, sabendo como o ramo dos contratos era competitivo, não as apresentou à irmã. Ayo era estratégica. Nem sequer contou a Amaka por que as tinha convidado. Tudo o que disse à irmã foi para ficar atenta. Ayo as entretinha sem poupar esforços, enquanto Amaka as ouvia com cuidado.

"Algumas pessoas têm sorte, sabe", começou uma das mulheres.

"Quem tem sorte?", perguntou outra.

"A senhora Onyei. Tudo o que ela fez foi mandar buscar sua filha mais velha, que estava na escola, e deixá-la à mercê dos homens. Agora, nem sabe o que fazer com os inúmeros contratos que possui. Outro dia ela me passou um, e eu consegui duas mil nairas de cara. Eu mesma não me dei o trabalho de fazê-lo sozinha. Repassei pra outra pessoa, que me deu as duas mil nairas em uma semana. Fui pra casa celebrar."

"A senhora Onyei deve estar fazendo uma fortuna. Construiu uma casa na sua terra natal. Trouxe a mãe idosa pra Lagos depois de comprar uma casa em Ikeja. Está nadando em dinheiro", disse outra.

"E sabe o que mais? Ano passado ela disse que saiu pro 'verão' e, este ano, falou que levaria também a mãe pro 'verão'."

"Ela deve ter um intérprete pra isso", disse Ayo, "não consegue nem ler nem escrever."

"Ela levou um escriturário que estava com ela e o marido há anos", disse outra.

"Só quero comprar uma casa em Surulere ou Ikeja. Quando eu fizer isso, vou deixar Lagos e ir pra casa. Tenho muito a fazer por lá. Não quero que minhas crianças sejam criadas aqui", falou outra.

"Todas as minhas crianças serão criadas aqui. Elas irão falar iorubá, hauçá e outras línguas da Nigéria. Este país está mudando em proporções incríveis, e alguém ficaria perdido sem falar ao menos duas das línguas principais", comentou outra. As demais concordaram.

Elas eram a nova geração de mulheres empreiteiras da Nigéria. Havia cerca de dez delas naquela ocasião. Seis eram viúvas e outras quatro deixaram o marido para recomeçar a vida. Todas estiveram envolvidas na "ofensiva comercial" ocorrida durante a guerra. A senhora Onyei também era uma delas. O marido foi morto em julho de 1966. Era um oficial, e os amigos dele conseguiram levá-la para Lagos. Ela se recusou a ir para casa no Leste. Disse estar determinada a morrer em Lagos com seus filhos. Era uma mulher muito independente e temia o tipo de recepção que teria quando voltasse para casa como viúva, enquanto havia a ameaça de guerra. Então, permaneceu em Lagos. Os amigos do falecido marido, quando as coisas se acalmaram, ajudaram trazendo-lhe mais contratos. Ela conseguiu um acordo de negócios com um capitão do Exército. Ambos fizeram grande fortuna durante a guerra. O acordo era tão conhecido nos círculos oficiais que o capitão foi discretamente levado a se aposentar.

A senhora Onyei continuou a ganhar dinheiro. Experimentava a alegria de enriquecer mais e mais. Assim ela prosseguiu, fazendo acordos cada vez maiores. Em certa ocasião, dizia-se que havia organizado a exportação de cânhamo para a Europa. Isso circulava no boca a boca, mas ninguém tinha certeza da história. O jeito como esbanjava dinheiro fez as pessoas começarem a fofocar. Ela não se importava; continuava a enriquecer e a gastar.

Outra mulher do grupo era também viúva. No golpe de janeiro de 1966,[5] os conspiradores foram até seu quarto, e o marido abriu a porta. Eles o levaram, e ela ouviu um tiro. Seu filho de dez anos gritou. Um dos golpistas foi ao

---

[5] O golpe militar de 1966 foi um dos precedentes para a Guerra Civil da Nigéria, ou Guerra de Biafra. Advindo de embates étnicos, políticos e religiosos entre os grupos ibo e hauçá, o conflito buscou separar o Sudeste nigeriano (habitado principalmente pela etnia ibo) do restante do país, para criar a República de Biafra. O conflito terminou em 1970, com um alto número de mortes e sem êxito da República de Biafra.

quarto do menino, puxou-o para fora e também atirou nele. Levaram os dois corpos.

Havia ainda uma terceira envolvida com a "ofensiva comercial" durante o período de hostilidades. Ela foi a uma das frentes de guerra para comprar cigarros, baterias e outras coisas acompanhada de outras mulheres, todas conhecidas como "comerciantes de ataque". Enquanto dormiam em uma tenda, alguns andarilhos as atacaram durante a noite. Ela era corajosa, tinha uma arma de brinquedo do filho, sempre viajava com essa arma. Recebeu formação na milícia e era capaz de disparar e matar. À medida que a guerra se tornava mais perigosa, resolveu deixar a milícia e passou a seguir com a "ofensiva comercial", igualmente perigosa. Quando o andarilho a acordou exigindo seus pertences, que estavam amarrados à sua cintura, apontou a arma de brinquedo para ele. O homem ficou em pânico e ela conseguiu escapar. Mas as outras mulheres do grupo estavam despreparadas. Eles as roubaram e atiraram em uma delas, que resistira. O incidente assombrou a mulher pelo resto de sua vida.

Outra estava em um campo de refugiados com os seis filhos quando os aviões desceram; ela perdeu três de suas crianças naquele dia. Todas essas mulheres tinham histórias para contar. Agora, preocupavam-se apenas com elas próprias e com seus filhos, caso os tivessem.

"Sabe, alguém me disse que aquele padre bonito agora é o capelão do Exército. O antigo saiu." Todas as mulheres ficaram interessadas.

"Não sei como um homem tão bonito pode ser padre quando há tantas belas moças dispostas a brigar por ele."

"Nem todos entram no sacerdócio com os olhos abertos, pensem vocês. Todos eles têm uma razão ou outra pra agir como agem. Mas o que eu detesto é o que aquele padre disse nos jornais outro dia. Não sei por que um jornal gerido pelo governo dá a ele tanta publicidade", disse uma mulher.

"Eu não li", falou Ayo.

"Ah, eu li", comentou Amaka. Essa foi a primeira vez que ela se juntou à conversa. "Concordo com você", prosseguiu Amaka. "Por que ele criticaria algo do qual fez parte toda a vida? Se queria deixar o sacerdócio após ter feito seu voto, deveria partir em silêncio. Não precisava travar uma guerra nas páginas do jornal."

Amaka foi convidada a contar a história e a relatou sucintamente. Era muito tendenciosa. "Independente da sua razão pra partir, tratava-se de uma questão particular", concluiu ela.

"Estávamos falando do padre bonito que agora é capelão", disse uma das mais novas do grupo.

"Minha querida, somos velhas demais pra ele. As estudantes, que são nossas próprias filhas, já assumiram o controle", disse outra.

"Não, não falo nesse sentido", reiterou a mulher que havia se manifestado primeiro. "O que quero dizer é o seguinte: agora podemos chegar por meio dele até o comandante de brigada pra conseguir contratos. O padre que foi embora era inacessível. E vejo que esse que chamam de Mclaid é compreensivo. Ele poderá ajudar."

O nome de Adaobi foi mencionado como sendo o de uma das mulheres que poderiam ajudá-las a alcançar o belo padre. Ninguém disse que iria tentar. Estavam em clima de festa. Mas tudo ficou registrado na mente de Amaka. Por isso ela estava na casa do padre naquele dia. Que audácia! Antes, teria consultado sua amiga, mas não queria fazer isso agora. Estava encontrando seu caminho em Lagos. Em pouco tempo, conseguiria dinheiro para pagar o dote e ser livre.

Pagar o dote ocupava a sua mente desde que deixara a casa do marido em desgraça. Amaka tinha prometido que, se Deus lhe poupasse a vida, trabalharia e pagaria o dote. Havia contado isso a Adaobi, mas a amiga não conseguia compreender.

"Isso não é importante, Amaka. Por que incomoda tanto você?", perguntou ela.

"Você não entende, Adaobi. Você tem filhos, eu não. Se alguma coisa acontecesse com o seu casamento agora e você fosse embora, ou se o seu marido a deixasse, você ficaria bem, porque tem filhos. Não sou tão abençoada. De acordo com os nossos costumes, se eu morresse amanhã, não seria enterrada até o meu marido ser informado. Obiora continua sendo o meu marido, quer ele tenha se afastado de mim ou não. Por isso, vou me divorciar dele segundo o nosso costume, pra quando eu morrer ele não ter uma palavra a dizer. Os meus bens irão pros meus irmãos ou pros meus tios. Ele não terá o que reivindicar."

"E se você fizer um testamento?", perguntou Adaobi.

"Não sei. Não sei qual regra precede a outra: a lei e os costumes do nosso povo ou o casamento por decreto. As coisas não são tão bem explícitas assim. De qualquer forma, eu cumpriria primeiro nossa lei e nossos costumes antes de ir aos tribunais pro divórcio. É mais barato e tem menos implicações."

Amaka se levantou quando o padre Mclaid entrou na sala de estar mais uma vez, depois de acompanhar Mike até a saída. Contou brevemente o porquê de estar lá para vê-lo, explicando sobre o seu casamento e a falta de filhos. Achou muito fácil conversar com ele.

Esse era apenas o segundo encontro entre eles. Por que achava tão fácil falar com esse homem de Deus? Seria por acreditar que seu segredo estava seguro com ele? Por certo, não tinha uma opinião formada sobre padres e seu trabalho. Era protestante, não católica apostólica romana, e era quase indiferente ao que representavam e ao seu credo.

Se alguém perguntasse sua opinião, diria que acreditava no casamento dos clérigos. Era mais humano. Se alguém pudesse se casar e estar a serviço de Deus, capaz de manter a família e agir segundo as exigências da sociedade moderna, então um padre ou um pastor seria verdadeiramente um homem de Deus e a serviço de Deus.

Amaka confiava no padre Mclaid. Não sabia bem por quê. Quando se encontraram pela primeira vez, ela perguntou sobre o seu nome. Mas não tinha pensado no nome e no dono do nome até o dia da festa na casa de sua irmã.

"Padre, por favor, não interprete mal o motivo pra eu ter vindo pra Lagos. Considero esse lugar minha segunda casa. Fico em paz aqui. Não vim pra ser prostituta. Vim pra recomeçar. Nunca estive fora do país, mas Lagos é o meu lugar; seu tamanho me intriga, seu povo, tudo em Lagos parece combinar comigo.

"Quero viver uma vida decente aqui. Quando se está em Lagos, ninguém sabe de você, porque é tudo muito grande. Onitsha é pequena e não funciona pra mim. Queria sair do lugar onde mais sofri; não quero ser lembrada da minha vida ao lado do meu marido. É muito doloroso. E todos os meus irmãos e irmãs, com exceção da minha mãe, estão em Lagos, Kaduna e Jos.

"Por isso vim encontrar o senhor. Ouvi mulheres falarem do seu novo cargo. Talvez possa me ajudar a assegurar um contrato permanente por lá. Seria muito mais fácil pra mim. Eu poderia ficar mais tranquila e cuidar de mim mesma. Porque acredito, padre, que devo ter filhos. Os ginecologistas já disseram o que acham, mas sei que uma criança virá no tempo de Deus."

Amaka havia concluído sua fala. O padre foi até a cozinha e saiu de lá com outra garrafa de Fanta e alguns bolos e biscoitos e colocou-os sobre a mesa para sua convidada inesperada. Ele ficou sem saber o que dizer. Foi a primeira vez que lhe fizeram um pedido desse. Ainda não sabia o que seu trabalho demandava. Sabia que veria muitos oficiais do Exército, orientaria a alma deles e tudo o mais, mas como pediria favores a eles?

Amaka o havia tocado, porém. A maneira como a olhou na primeira reunião — será que ela percebeu e estava tirando vantagem? Isso era óbvio para o padre. A própria Amaka sabia que havia causado certa impressão naquele homem de Deus. Ela não era uma criança. Iria, sim, tirar proveito da situação. O que a levou a procurar o padre Mclaid foi apenas o contrato e nada mais. Mas, agora, outras coisas se passavam em sua cabeça. Ela manteria a calma. Pela primeira vez, iria colocar em prática o que sua mãe lhe havia ensinado. Não ia esperar — partiria para o ataque. Um clérigo também era um homem capaz de sentimentos masculinos. O padre Mclaid era um homem, não um deus. Talvez ele nunca tivesse sido seduzido. Ela, Amaka, ia seduzi-lo. Era o que deveria ser feito.

6

Mike voltou para casa sentindo-se muito mal. Estava certo sobre o que havia pensado: Amaka era má influência para sua esposa, e isso tinha que acabar. O que Amaka fazia na casa do padre? Se ela queria pedir algo, não seria cortês, ou ao menos esperado, que viesse até eles em vez de ir diretamente à casa do padre? Amaka o havia conhecido na casa deles. Ela estava tramando algo e Mike não permitiria isso.

Ele não sabia, porém, como abordar o assunto com a esposa. Não queria aborrecê-la. O casamento deles tinha problemas habituais, certamente, mas estavam juntos já fazia vinte anos. É bastante tempo para duas pessoas ficarem juntas e casadas. Mike não só amava sua esposa, ele a respeitava. Respeitava as opiniões dela e nunca a magoava deliberadamente. Era bom para ela. Óbvio que vadiava ocasionalmente, como todos os homens, mas os casos não duravam. Para começar, era muito ocupado, não encontrava tempo para atividades extraconjugais. Ele se perguntava por que os homens faziam aquilo. Sua conclusão era de que os homens envolvidos nessas atividades eram infelizes em casa e queriam um lugar, um terreno neutro, para a calma que não conseguiam encontrar no próprio lar.

Por isso o comportamento estranho de sua esposa o tinha surpreendido. Adaobi não gostava de se envolver com negócios. Ela sempre havia dito que não tinha o ímpeto necessário para o assunto. Costumava dizer que fazer negócios era inseguro. Um trabalho no governo, ao contrário, oferecia segurança. Ela ganhava seu salário todo mês e o administrava muito bem. Nunca se queixava do dinheiro que o marido lhe dava para cuidar da casa. Se o dinheiro não era suficiente, ele não sabia. Mas, como bom marido que Mike era, de tempos em tempos comprava presentes caros para a esposa e sempre sentia prazer ao fazer uma surpresa para ela. O que estava acontecendo com Adaobi?

"Adaobi!" Mike ouviu-se chamando a esposa.

"Sim, Mike."

"Não temos tido notícias do John ultimamente."

"O John? Ah, ele está bem. Recebi uma carta dele há dois dias."

"O que ele disse sobre a pensão?"

"Ah, falou que adorou a comida. Os meninos são amigáveis e..."

"Ele disse que estava com saudade de casa?"

"Ah, Mike, como ele poderia dizer isso?"

"Eu estou com saudade."

"Eu também."

Um silêncio constrangedor se instalou. Adaobi estava ocupada, preparando-se para o trabalho. Mike queria ir com calma naquela manhã, então estava tranquilo. Adaobi sabia que o marido tinha algo para dizer, mas não sabia como introduzir o assunto. Ela esperou. Ainda pensava em sua amiga Amaka e sua boa sorte. Não tinha certeza do que queria fazer. Três mil nairas era muito dinheiro para conseguir em pouco menos de dois meses. Ela poderia registrar uma empresa e pedir aos amigos de seu marido que a ajudassem a garantir alguns negócios. Poderia então dizer para Amaka assumir o trabalho e elas dividirem o lucro. Não, não iria se envolver diretamente com fornecimento. Bom, nesse caso, pensou que não havia necessidade de registrar uma empresa. Amaka já possuía uma. Elas poderiam usá-la.

"Querida", Adaobi ouviu o marido chamar. "Vi Amaka na casa do padre outro dia."

"Ah é, e faz quanto tempo?", indagou Adaobi, sem interesse, mas a pergunta afiada não passou despercebida do marido.

"Qual é o problema, Adaobi?"

Adaobi fingiu surpresa. "O que eu fiz de errado?"

De imediato, Mike concluiu que realmente havia algo estranho.

"Você disse que viu Amaka?"

"Foi errado dizer que vi Amaka?"

"Não, querido."

"Mas quando eu disse você imediatamente ficou na defensiva", argumentou Mike.

"Na defensiva?"

"Sim, na defensiva. Você estava prestes a se defender do que eu ia dizer. Bom, então agora me deixa falar, já que chegamos até aqui. Não gosto da sua relação com a Amaka e quero que ela acabe. Não quero nenhuma explicação. Não quero que você seja hostil. Se ela vier aqui, nós a receberemos, mas você não deve visitá-la nem ajudá-la a conseguir contrato algum, porque não tenho muita certeza do que ela está tramando. Eu a encontrei por acaso na casa do padre. Não gosto dela. Dizem que essas mulheres de Biafra dão sempre um jeito de se envolver com homens do alto escalão. Leia nos jornais: as mulheres choramingando porque essas garotas de Biafra roubaram o marido delas."

"E o que essas esposas estão fazendo enquanto as garotas estão roubando seus maridos? Elas estão sentadas, permitindo que isso aconteça?", questionou Adaobi. Mike ficou impressionado.

"Você vai lutar por mim se uma garota de Biafra quiser me roubar de você, Adaobi?"

"Pra começo de conversa, nenhuma ousaria. Mas é precisamente isso. Os maridos que são roubados são aqueles que querem ser roubados", disse Adaobi. "Se você está infeliz e descontente em casa, pode ser roubado. Mas, se é bem cuidado como eu cuido de você, por que seria roubado?"

Mike ficou feliz em ouvir essa teoria, mas sabia que o mundo não era tão simples assim. Existiam complicações terríveis. Ele havia tido vários casos com garotas antes de finalmente se casar com Adaobi e ficou surpreso por ela ainda ser virgem. Mas, pelo que ouviu de outras pessoas, especialmente dos maridos, as virgens não eram esposas particularmente boas. Mesmo assim, como homem, seu ego explodiu. Ora, ele foi o primeiro a olhar entre as pernas de Adaobi. Nenhum outro homem havia tido tal privilégio. Ficou lisonjeado. E, mais uma vez, Adaobi havia provado ser uma boa esposa. Ele foi abençoado.

Essa era mais uma razão pela qual estava preocupado com esses novos e estranhos acontecimentos. Como Adaobi receberia essa ordem? Será que ela a desafiaria? Antes eles pensavam juntos e chegavam a conclusões sem que um impusesse sua vontade ao outro.

Adaobi queria ignorar a ordem recebida e falar sobre a postura das mulheres de Biafra. Em Lagos, ouviu-se muito sobre as garotas que viraram soldados de um dia para o outro e dormiam em trincheiras com outros soldados de combate. Especulava-se como um soldado poderia lutar após dormir com uma garota na trincheira. Será que ele teria vigor para correr ou lutar?

As garotas em Biafra haviam sido soltas de uma hora para outra. Suas aldeias haviam sido saqueadas, seus parentes mortos e elas mesmas escaparam com vida ao lado de suas irmãs ou irmãos. Ficaram à mercê dos oficiais de Biafra, que estavam muito contentes em tê-las como consolo para as tropas. Para evitarem que os irmãos fossem recrutados pelo Exército, elas também colocaram os meninos como ajudantes de ordens. Por isso, não era surpresa nenhuma ver mais ajudantes de ordens do que soldados em Biafra.

Não dava para culpar essas garotas. Elas tinham que sobreviver. Com o fim da guerra, tiveram que "sobreviver à paz". Isso significava que precisariam começar tudo de novo, longe de tudo. E Lagos era um terreno fértil para isso: sem irmão, sem irmã, sem primo para dizer às garotas: "Chega. Por que você está se prostituindo? Vá pra casa, volte pros seus pais". Afinal de contas, não havia casa para onde ir. A guerra deu um jeito nisso. A guerra destruiu a vida em família que essas garotas conheciam.

As pessoas de Lagos não entendiam. Nem mesmo Adaobi e Mike entendiam. A experiência da guerra era peculiar àqueles que a viveram. Era preciso vivê-la para compreender e evitar que acontecesse novamente, se possível fosse.

Adaobi então ouviu Mike dizer algo à filhinha deles, e, naquele momento, o telefone tocou. A menina correu e atendeu. "Quem tá falando?", disse ela, com sua voz infantil. Mike foi até a garota e pegou o telefone.

"Não se fala assim, mocinha. Eu disse que você deve falar o seu número primeiro. Olá, 2525099."

"Bom dia. Posso falar com a Adaobi, por favor?"

"Espere um pouco, por favor." Mike cobriu o bocal com a mão e disse à esposa: "Sua amiga gostaria de falar com você. Digo que você está no banheiro?".

"Minha amiga? Qual delas?"

"A vida é cheia de surpresas. Eu não disse que aquela mulher estava tramando alguma coisa? De onde ela poderia estar telefonando a essa hora?", disse Mike.

"Quem é?", perguntou Adaobi novamente, tentando tirar o telefone dele.

"Sua amiga Amaka. Posso dizer que você está no banheiro?"

"Você não vai fazer isso, Mike. Quero falar com ela. Por acaso sou uma criança? Eu quero falar com Amaka, por favor." Adaobi enfatizou o "por favor". Estava com raiva. Mike entregou o telefone e saiu do quarto furioso. Mas logo retornou.

"Amaka, como você está? De onde está me ligando?"

"Adaobi", respondeu a voz. "Quanto tempo. Como você está? Tenho estado tão ocupada. Liguei pra avisar que tenho um telefone agora; meu número é 0011088. Por favor, anote."

"Ótimo", disse Adaobi. "Amaka, isso é maravilhoso. Quer dizer que você tem um telefone instalado no seu apartamento em Surulere? Não acredito. Como conseguiu?"

"É uma longa história, Adaobi. Conto quando nos encontrarmos. Vou viajar pra Onitsha amanhã e volto antes do fim de semana. Ligo novamente quando retornar. Como estão Mike e as crianças? Espero que estejam bem."

"Muito bem. Nos vemos quando você voltar."

Ela desligou e olhou para o marido.

"Qual é o motivo desse alvoroço todo, querido? Por que você está contra ela? Amaka tem que viver. Eu não entendo todos esses alertas sobre ela. Você quer que Amaka desapareça da face da terra?"

"Ela vai voltar pro marido?", foi tudo o que Mike perguntou.

"Voltar pro Obiora, francamente! Como poderia voltar pra ele?"

"Seria melhor pra reputação dela."

"Que reputação? Ela não tem filhos, Mike. Era uma boa esposa. O problema dela com o marido era a falta de filhos, você não ouviu?"

"E as pessoas com quem Amaka se associa agora por acaso vão dar filhos a ela?"

"Você quer dizer que ela está dormindo com todos eles?"

"Eu não disse isso", falou Mike.

"Você insinuou isso e eu vou te responder. Se eles dessem filhos a ela, Amaka dormiria com todos, um após o outro. Logo que estivesse grávida, não se importaria nem com quem fosse o pai. Ela suportou mais do que deveria por isso e faria qualquer coisa pra ter um filho, até mesmo ficar com um mendigo. Ela chegou à conclusão de que, exceto Obiora, outro homem, qualquer homem, poderia engravidá-la."

"Apesar do que todos os ginecologistas disseram?"

"Eles podem estar errados. Milagres acontecem mesmo hoje em dia", disse Adaobi.

Mike foi para o trabalho atrasado naquela manhã. Continuava pensando em Amaka. Um telefone em Surulere apenas alguns meses depois de conseguir o apartamento? Um amigo havia contado que solicitou um telefone quatro anos antes, com um suborno de quinhentas nairas, mas não conseguiu. Ele continuou visitando a P&T,[6] mas não foi contemplado com o telefone. Depois de dois anos, recebeu uma carta falando para se candidatar novamente. Ficou indignado. O que aconteceu com o suborno de quinhentas nairas que havia dado? O homem a quem deu o dinheiro, eles disseram, tinha sido transferido, e outra pessoa ocupou seu cargo. Ele chegou com uma espécie de zelo religioso para corrigir todos os erros de seu colega corrupto. Então projetou uma nova forma de trabalho e um novo sistema.

---

6 Post & Telecommunications Department: Departamento de Correios e Telecomunicações do Ministério das Comunicações e Comunicações Externas da Nigéria.

Todos deveriam ser tratados de maneira igual. Não haveria nenhum favoritismo. Nada de negócio sujo.

O amigo de Mike se candidatou novamente, mas ficou surpreso ao ser visitado por um homem que foi supostamente enviado pelo homem disposto a corrigir o local. Ele exigiu mil nairas. O amigo de Mike pagou em dinheiro vivo. Por que não? Se ele tivesse um telefone, poderia sentar-se em sua casa e escritório, tocando de lá mesmo os negócios. Custava tempo e dinheiro comunicar-se com seus sócios tanto no país como fora dele.

Esperou um ano, mas nada aconteceu. E agora, quatro anos depois e após ter gasto mil e quinhentas nairas, ainda não tinha telefone. O homem que havia exigido as mil nairas desapareceu. Quando ele apresentou sua queixa para a P&T, ouviu que o tal homem não existia.

E aqui estava Amaka, vinda de Onitsha dia desses, com um telefone em casa. Para quantas pessoas ela iria ligar em Lagos? Quais eram suas conexões comerciais para exigir um telefone? A Nigéria era sem dúvida um lugar particular. Nesse país, qualquer coisa podia acontecer, e os culpados sempre se safavam. Mas o que pessoas como Mike poderiam fazer? Elas eram funcionárias públicas treinadas pelos líderes coloniais. Elas achavam difícil trabalhar com esse tipo de gente, que não sabia distinguir direita de esquerda.

Suborno e corrupção faziam parte da ordem do dia. Antes, dez por cento dos ministros eram corruptos. Agora, a prática de subornos alcançava cerca de trinta a quarenta por cento deles. Já não era hora de pessoas como Mike pensarem seriamente em se aposentar de maneira honrosa? Pessoas como ele estavam agora sendo jogadas para segundo plano. Suas opiniões já não importavam mais. Na verdade, não tinham nem mais o privilégio de expor suas opiniões. Talvez sua esposa estivesse certa. Ele não tinha casa em sua terra natal. Não tinha sequer um terreno em Lagos. O que iria fazer se, de repente, fosse expulso dali?

Começou a pensar com carinho na esposa. Quando chegou ao trabalho, ligou para ela. Mas disseram que Adaobi não estava, não havia aparecido naquela manhã. Eram nove e quinze. "Por favor, veja se ela está fazendo alguma ronda", pediu Mike, em pânico.

"Senhor, já lhe disse, a madame não veio. O senhor por acaso não entende o meu inglês?"[7]

Mike trocou de telefone. Detestava ouvir esse idioma nos meios governamentais. O que estavam ensinando às crianças nas escolas hoje em dia? Por que todos preferiam falar inglês pidgin ou iorubá nos escritórios? Será que agora iriam abolir o inglês nos gabinetes do governo?

Ele estava irritado. Às onze horas, telefonou novamente e mais uma vez falaram que sua esposa não havia ido trabalhar.

"Que tolice da minha parte", disse para si mesmo. Ligou na sequência para casa e Adaobi atendeu.

"Querida, você não foi pro trabalho. Telefonei lá."

"A vida é cheia de surpresas. Mike, quando você começou a telefonar pro meu trabalho?"

"Hoje", respondeu ele.

"O amor tão surpreendente, tão divino, exige minha alma, minha...", e começou a rir.

---

7 Neste trecho, a atendente fala em pidgin nigeriano, uma forma do inglês resultante dos contatos com línguas africanas. Em obras africanas escritas em inglês, o pidgin costuma aparecer como forma de revelar o *status* socioeconômico dos falantes. Segundo Edmund O. Bamiro, pesquisador da Universidade de Redeemer, localizada na cidade nigeriana Ede, o pidgin é usado como um código identitário em grupos da classe "dominada".

"O que é tão engraçado, Adaobi? O que deu em você esses dias? Será que tenho que começar a cortejar você de novo, depois de quatro filhos? E por que não deveria ligar pro seu trabalho se sentir vontade?"

Adaobi estava calma. O marido parecia exaltado. Ela estava com uma coisa na cabeça, mas não queria despejar nada sobre o marido naquele momento. Tinha tomado uma decisão no dia em que Amaka contou sobre seus lucros. Ali ela percebeu que estavam vivendo em um mundo de fantasia. Vivendo em Ikoyi, de fato, nada era deles, exceto suas roupas, os utensílios de cozinha e os brinquedos de seus filhos. Eles ainda nem tinham terminado de pagar os carros. Além do mais, estavam em um regime militar, onde tudo podia acontecer a qualquer momento. Ela fez alguns contatos. Sua primeira tarefa seria comprar uma casa. Não tinha economizado muito, mas podia pedir dinheiro emprestado ao banco. No ministério, sua presença não era tão relevante, e, por ser casada, eles não lhe concederiam empréstimo para comprar uma casa. Usaria um contato em Lagos e faria isso para que, se algo acontecesse, pudesse encontrar um lugar para sua família.

"Querido, estou bem. Não estou com muito ânimo pra trabalhar hoje, então liguei pra matrona e ela disse que eu poderia pegar o dia de folga. Está satisfeito, querido?"

"Estou, obrigado. Mas você não está faltando por besteira, como os outros?" O marido era tão diligente.

"Não, estou faltando pela primeira vez em anos. Tem enfermeiras como eu que partem pra Londres depois de dizer que estão doentes. As mesmas que são promovidas quando surge uma vaga. E nós, as aplicadas, continuamos a trabalhar como escravas e ficamos no mesmo posto ano após ano. Só venha pra casa, querido. Tenho várias ideias. Não podemos continuar desse jeito. Temos filhos pra criar — não estamos sozinhos; temos uma obrigação. Nós devemos dar a eles um lugar decente pra morar e uma boa educação, pra dizer o mínimo."

Mike chegou antes das três e meia, almoçou e foi dormir. Naquela tarde, não foi ao trabalho como de costume. Ficou em casa e assistiu à televisão com a família. Estava colocando a cabeça para funcionar. Odiava novas ideias, sem dúvida por causa de seu treinamento, mas concordou com a esposa que deveriam começar a pensar em si mesmos. Empreitar era algo fora de cogitação. Estava disposto a considerar qualquer outra nova ideia de Adaobi, menos essa. E não foi difícil para a esposa convencê-lo de que precisavam fazer algo para si mesmos. Ninguém acreditaria que estavam havia tanto tempo em Lagos sem uma casa própria. Mike também faria contatos. Comprar uma casa era melhor e mais barato. É verdade que se candidataram para terrenos em Lagos, mas ainda não tinham recebido nenhum. Mike não acreditava normalmente em "cobrar" algo. Mas, hoje em dia, não se recebia nada do governo se não se cobrasse um pedido de empréstimo, de contrato ou de telefone — na verdade, de tudo.

Mike começou a pensar em Amaka com gentileza. Se fora fundamental para que ele se desse conta de suas tolices passadas, então que Deus a abençoasse. Por que pensou que Amaka iria corromper sua esposa? Mike disse isso a Adaobi, mas ela não comentou nada. Sua esposa sabia o que queria e ia conseguir, assim como Amaka o fez. Qualquer que fosse o método que Amaka estivesse usando, era particular e dizia respeito somente a ela. Adaobi havia feito muitos contatos em Lagos, mas não os tinha aproveitado ainda. Ia aproveitá-los agora, pelo bem de sua família.

Assim que Amaka voltou de Onitsha, Adaobi foi visitá-la. Amaka nunca pareceu tão bem quanto naquela manhã. Tinha ido a Onitsha para ver a mãe, que andava muito doente. Suas irmãs estavam ocupadas e, como ela era a única filha sem família, precisou ir. Sua mãe estava melhorando. Amaka queria trazê-la para Lagos, mas a mãe não gostava nada dessa história. Não trocaria Onitsha por Lagos. Permaneceria lá. Contou que não queria morrer em uma terra estranha.

"Você conhece a minha mãe: quando toma uma decisão, ninguém consegue convencer ela do contrário. Foi ao médico e ele disse pra diminuir o ritmo. Você sabe que ela é dona de uma grande barraca no mercado, onde vende tecidos de diferentes tipos. Mas o contrabando, que hoje em dia é desenfreado na Nigéria, atrapalha seus negócios. Ela tem medo de comprar produtos contrabandeados, e são bem esses que nosso povo deseja comprar hoje em dia."

Adaobi não estava muito interessada na viagem de Amaka para Onitsha. Queria saber como ela estava se dando bem para, depois, lhe fazer uma proposta de negócio.

As duas amigas estavam comendo quando o padre Mclaid chegou. "Padre, seja bem-vindo", disse Amaka, convidando-o para se sentar. Adaobi ficou sem palavras. Então o padre Mclaid visitava Amaka na casa dela. Outro dia seu marido havia cruzado com Amaka na casa de Mclaid, e agora aqui estava ele, em carne e osso. O padre parecia um pouco tímido, ou essa foi apenas a impressão de Adaobi quando ele a avistou. Era óbvio para Adaobi, no entanto, que essa não era a primeira ou a segunda visita, e sim que o padre Mclaid era um visitante frequente no apartamento de Amaka.

"Sente e coma conosco, padre", disse Amaka. Adaobi olhou os dois fixamente. A amiga havia mudado muito. Essa não era a Amaka que ela conhecia. Mas os anos as tinham separado — anos de frustração para Amaka e anos de realização para Adaobi. Elas estavam fadadas a viver vidas distintas. Estavam fadadas a ter diferentes concepções da vida e de como ela deve ser vivida.

Apesar disso, Amaka estava no auge. Adaobi não tinha certeza se sua amiga aguardava ou não o padre. Ela trouxe comida e eles comeram. Estava tão deliciosa que Adaobi se esqueceu da dieta. Pediu a receita do prato para Amaka. Sempre se interessava quando comia algo de que gostava na casa das amigas. Como boa dona de casa, fazia diferentes tipos de sopa para diferentes ocasiões e assim encantava seu marido.

Amaka contou que o peixe utilizado por ela na sopa havia sido comprado fresco naquela manhã, era essa a diferença. No mais, tinha utilizado os mesmos ingredientes que Adaobi usava.

"Então você não coloca peixe ou carne na geladeira?", perguntou Adaobi.

"Não. Aqui estou sozinha com a minha empregada, apenas eu e ela, e o mercado não fica longe. Então, quando volto do terreno, a empregada cozinha algo pra mim e logo como. Mas você tem uma família grande e trabalha, então não é tão simples pra você."

Padre Mclaid comeu sem falar muito. Era o tipo de pessoa tranquila, que cativava seus paroquianos. Quando os visitava, comiam juntos, e se eles o visitassem e estivesse à mesa, também comeriam com ele. Assim como Adaobi havia ficado ocupada correndo por toda parte quando Amaka a visitou, também Amaka andava de um lado para outro para servir e ser boa anfitriã. "Homens", pensou Adaobi. "Por que essa mulher adorável e caseira não podia ter uma família própria? Por que isso foi negado a ela?"

Enquanto comiam, bateram à porta e Amaka correu para atender. Era o *alhaji* que a ajudara a conseguir aquele primeiro contrato. O *alhaji* gostava muito de Amaka e tinha tentado cortejá-la. Mas, mais uma vez, Amaka não sentiu vontade de corresponder. Ele a ajudara a conseguir mais contratos e contribuíra para que fossem executados. O homem nunca havia perguntado a Amaka de quanto era o lucro dela. Quando lhe contou sobre as três mil nairas que conseguiu no negócio do papel higiênico, o que ouviu dele foi: "Graças a Deus, é tudo seu".

O *alhaji* não comeu com os outros, mas sentou-se e tomou refrescos, enquanto os demais se alimentavam. Amaka não queria se envolver com ele. O homem já tinha quatro esposas. Não que ela quisesse um marido, não, não queria. Queria um homem em sua vida. Todas as mulheres deveriam ter homens em suas vidas. Os homens poderiam ser maridos ou amantes. Mas o *alhaji* não a atraía dessa maneira. Ela não o queria como um amante, porém ainda não podia rejeitá-lo propriamente. Era valioso naquele momento. Precisava dele mais do que ele necessitava dela.

Havia dormido com ele, óbvio, mas não estava nem um pouco animada com a experiência. Não tinha se passado nada de mais entre os dois. Amaka fora deixada fria e insatisfeita. Era como se estivesse com Obiora, porque começou a perceber, durante os problemas com o marido, que não o desejava mais. Não queria mais ter relações sexuais com ele. Quando tiveram, para ela foi mais um ato de dever do que de amor ou afeto.

O *alhaji* a visitava ocasionalmente, mas a visita daquele dia havia sido a primeira depois de algum tempo. Amaka ficou desconfiada. Talvez ele tivesse vindo para terminar. Talvez estivesse zangado com ela. Na última vez em que a visitara, ela contou que estava naqueles dias. Mas o *alhaji* não foi facilmente enganado. Quis saber se o ciclo dela era quinzenal.

Contudo, o que quer que tivesse vindo dizer, ele não diria mais, por causa da presença de Adaobi e do padre. O *alhaji* tomou o refresco e, quando os outros terminaram de comer, juntaram-se a ele na sala de estar, enquanto a empregada de Amaka limpava a mesa.

O padre foi o primeiro a se retirar, seguido pelo *alhaji*, que estava pouco relaxado na presença dos demais e prometeu ligar novamente. Adaobi tinha vindo de Ikoyi. Estava determinada a sentar-se com os outros convidados. Quando todos saíram, ambas as mulheres foram para o quarto. Adaobi se surpreendeu quando viu o quarto de Amaka. Não ia falar sobre isso naquele momento, então contou de uma vez por que tinha vindo.

"Você mencionou um terreno", ela disse. "O que você faz lá?"

"Você viu o *alhaji*", começou Amaka, ignorando a pergunta da amiga. "Ele me ajudou a conseguir os contratos e recusou meu dinheiro. Ele me quer. Você é casada e vive com o seu marido. Tecnicamente, também sou casada. Falei com a minha mãe sobre me divorciar, e você sabe o que ela me perguntou? Se eu estava grávida de outro homem que queria o meu bebê. Eu disse que não, evidentemente. Então ela falou que, nesse caso, eu não deveria apressar as coisas, deveria esperar um pouco mais. Mas não quero esperar. Bom, só estou comentando. Você conhece Lagos. Nenhum homem pode fazer nada por uma mulher, mesmo se a mulher for esposa de um chefe de Estado, sem pedir o seu bem mais precioso em troca — ela mesma. Devo confessar que dormi com o *alhaji*. Tem muita coisa por trás de ser chamada 'Senhora do Dinheiro'. Se você puder garantir um contrato através dos amigos do seu marido, aqueles que nunca vão pedir o impossível, estou à sua disposição. Tenho um terreno onde armazeno madeira e blocos. O *alhaji* me ajudou a comprar o lugar. Espero construir um apartamento lá, pela graça de Deus. Quando fizer isso, vou pra casa me divorciar do meu marido."

Para Adaobi, a história de Amaka soava como um conto de fadas. Em menos de um ano, a amiga havia conseguido tanta coisa, e ela e seu marido estavam em Lagos havia anos e não tinham nem um terreno para chamar de seu.

"Você está certa, Amaka", disse Adaobi. "Já pensei sobre isso. Não, eu não seria capaz de executar os contratos. Eu iria consegui-los. Muito obrigada. Mas uma coisa que você precisa fazer por mim é isto: por favor, nunca fale nada pro Mike."

"Claro que não", disse Amaka.

"Quanto você pagou pra ter seu telefone instalado?", perguntou Adaobi.

"Bom", começou Amaka. "Tudo o que fiz foi dizer ao *alhaji* que queria um telefone, e, em menos de uma semana, ele foi instalado. Nem sei quanto custou."

"Você venceu na vida. Está prestes a conquistar Lagos", disse Adaobi, e elas riram.

"Adaobi, eu estava perdendo um tempo valioso em Onitsha. Devia ter deixado o meu marido logo depois do segundo ano de casamento, quando não chegou filho nenhum. Bom, o tempo de Deus é perfeito."

A amiga concordou que o tempo de Deus era perfeito. As duas ficaram conversando na rua. Então Adaobi entrou no carro dela e partiu. Um minuto depois, padre Mclaid chegou de carro. Adaobi não o viu porque tomou a direção oposta.

7

"Amaka, você devia ter me avisado que teria tantos visitantes. Fiquei tão envergonhado." Agora eles estavam no quarto, a empregada tinha terminado o serviço e ido embora. Amaka não gostava da ideia de empregadas dormirem em sua casa. Preferia viver sozinha. Era o tipo de pessoa que gostava de ficar sozinha. Multidões a assustavam. Ficava mais confortável com um grupo de amigos e parentes. Por isso, o Clube das Senhoras do Dinheiro não lhe interessou quando sua irmã a convidou a participar.

"Me desculpe, Izu. Adaobi ligou na noite passada e disse que estava vindo. Não tive como avisar. Você me disse pra não telefonar, sob nenhuma circunstância, lembra? E o *alhaji* apareceu, como de costume. Falei dele pra você. Sente, vou pegar um pouco de peixe frito e cerveja."

Amaka voltou com o peixe e a cerveja. "Onde você estacionou seu carro?", perguntou ela.

"No mesmo lugar de sempre. Um menino está cuidando dele. Dei a ele duas nairas. É um rapaz encantador; estou pensando em matricular ele na escola. Esse menino me faz pensar na minha própria infância. Amaka, ainda não contei sobre mim para você. Quero contar esta noite. Você se lembra da sua pergunta, quando fui apresentado como padre Mclaid a você?"

"Eu lembro muito bem", disse Amaka. Ela tinha vestido a camisola e estava deitada na cama. O padre deitou-se ao lado dela.

"Mas eu quero saber, Izu. Você pode me contar, por favor?"

Ele a beijou e começou a acariciá-la. Depois, quando se deitaram entrelaçados, Mclaid continuou.

"Como eu ia dizendo, aquele menino me faz recordar a minha infância. Venho de uma vila em Awgu, onde gêmeos são vistos com maus olhos até hoje. Minha mãe era a segunda esposa do meu pai..."

"Sua mãe está morta?", perguntou Amaka.

"Só ouça a minha história, querida", continuou, acariciando-a de forma amável e gentil. "Infelizmente para ela, minha mãe deu à luz gêmeas, duas meninas. Os aldeões pegaram as meninas e as mataram. Ela ficou arrasada. Durante muito tempo, não engravidou, e se conformou com seu destino. Sentiu que teria gêmeos se engravidasse novamente. Por isso, evitou o meu pai.

"Mas ele a amava muito, então a acolheu e conversou com ela, demandando que enxergasse a razão, que era a tradição da terra se livrar de gêmeos. Disse a ela que não tinha o poder de ir contra a lei da terra.

"Minha mãe não se sentia reconfortada. Então, um dia, uma amiga a visitou e a convenceu a ir à igreja. Ela foi. Gostou da igreja e continuou a frequentar, até ser batizada como católica apostólica romana em Awgu.

"Em pouco tempo, as freiras apareceram e estabeleceram uma maternidade em nossa vila. Minha mãe foi uma das mulheres que trabalharam duro para sua construção. Por intermédio de um intérprete, contou às freiras sobre as práticas desumanas da matança de gêmeos. Ela mesma persuadiu muitas mães a ter os bebês ali.

"Mas parecia que algo na nossa vila favorecia o nascimento de gêmeos. Mais de trinta por cento das mães atendidas no hospital tinham gêmeos. Elas sentiam medo e várias abandonaram os seus bebês lá. Algumas mulheres levavam a menina ou o menino, dependendo do que mais necessitavam materialmente. As mães um pouco mais safas alimentavam um bebê e deixavam o outro morrer de fome.

"É inacreditável que a prática se mantenha até hoje. A mais recente história que ouvi é a de uma adolescente que, com medo de ter gêmeos, foi para o mato ao entrar em trabalho de parto, dando à luz gêmeos realmente. Ela abandonou o menino e levou a menina para uma maternidade em Enugu. Mais tarde, foi acusada de assassinato. Quando contou sua história, a boa magistrada foi simpática e a libertou, condenando a prática desumana.

"A maternidade fez muito pelas mães que davam à luz gêmeos. Quando os aldeões descobriam que uma mãe tinha gêmeos e que as freiras estavam protegendo a mulher e os seus filhos, tornavam a vida daquela família muito difícil. Ao perceber que as freiras estavam salvando gêmeos, minha mãe sentiu-se mais calma e, então, engravidou novamente. Como tinha feito muitos inimigos na sua campanha contra os costumes, o povo estava esperando para atacá-la caso desse à luz gêmeos nocivos.

"Dia e noite, minha mãe rezava para que Deus não lhe desse gêmeos, conforme me disseram. Encomendou muitas orações das bondosas freiras. Mas algo lhe dizia que teria gêmeos novamente e que o povo os mataria. Tinha essa premonição e, mesmo rezando, isso a preocupava. As freiras disseram que tudo ficaria bem, não havia nada a temer. Mas ela tinha medo.

"Então chegou o dia. As freiras estavam lá para o parto. Foi um processo difícil. Minha mãe chorou e chorou. Ia ter gêmeos, que Deus não lhe permitisse ter gêmeos, por favor, Deus...

"Enfim, deu à luz gêmeos, eu e minha irmã. Minha irmã morreu vinte e quatro horas depois, e, dois dias mais tarde, minha mãe também faleceu. Eu me tornei propriedade da Igreja Católica Apostólica Romana. As freiras me criaram e o padre Mclaid, que estava a cargo da paróquia, me deu o nome, Francis Ignatius Mclaid, e me adotou.

"Nenhum de meus parentes se apresentou para me assumir. Eu era um tabu. Traria má sorte e, por isso, foi um livramento que o missionário branco me adotasse. Era um povo estranho aquele; um povo que pensava poder apontar o que deveria ser descartado. Eu vivia com o padre. Servia na missa. Ia ser um sacerdote como o bom padre que me educou, que me deu a vida. Nada mais me interessava. Eu estava sozinho no mundo. O padre era um pouco velho e, se algo acontecesse a ele, eu não teria raízes, não teria mais nada.

"Então veio o golpe. Na época, eu estava no seminário. Foi um grande baque. Por ser visto como um deles, os padres irlandeses falavam à vontade na minha presença. Levaram o golpe muito a sério e fizeram planos. Rezavam e esperavam que a revolta no país não se transformasse numa guerra. O padre Mclaid, meu pai adotivo, ficou seriamente aborrecido. Para começar, ele se considerava nigeriano e não tinha desejo de voltar para a Irlanda, sua casa. Era quem rezava com mais afinco.

"A guerra começou e Nsukka foi evacuada. O padre Mclaid tinha ido lá para ver o que estava acontecendo, ter informações em primeira mão. Ele se recusou a sair quando percebeu que os civis estavam sendo evacuados. Ainda estava rezando quando as tropas nigerianas o capturaram e o mandaram para Lagos. O alto comissário irlandês o repreendeu e o mandou de volta para a Irlanda.

"Na Irlanda, era como um peixe fora d'água. Ele simplesmente não conseguia se encaixar. Sentia saudade de mim e de Biafra. Como Deus planejou, ele ouviu falar de uma delegação de Biafra chefiada por um funcionário público muito preeminente que havia se aposentado alguns anos antes. Também era notável na Igreja Católica Apostólica Romana e tinha sido nomeado cavaleiro pelo papa. Meu pai ficou satisfeito e o funcionário, junto com alguns outros padres e freiras irlandeses que estavam em Biafra, foi convidado a encontrá-los e ajudá-los a conseguir um jeito de serem recebidos pelo governo irlandês.

"Eu estava nessa delegação e nosso reencontro foi uma enorme alegria para nós dois. Não sei por que fui escolhido de fato. Acho que o bispo entendeu minha situação e considerou que eu deveria me juntar ao meu pai adotivo na sua casa. Por isso, fui como secretário da delegação.

"Foi impossível, para nós, encontrar alguém no governo britânico e na República Irlandesa. Os governos haviam decidido que não iriam interferir nos assuntos internos da Nigéria. Qualquer ajuda que viesse da Grã-Bretanha, da Irlanda e de outros lugares seria puramente individual e não governamental, apesar de terem reconhecido Biafra e quase oitenta e cinco por cento da sua população como praticantes da Igreja Católica.

"Não havia nada que nossa delegação pudesse fazer a não ser apelar a organizações para que, por razões humanitárias, enviassem alimentos e roupas à população sofrida de Biafra. O padre Mclaid ficou desapontado e de coração partido. Quando voltamos para casa, levamos duas semanas inteiras para encontrar o nosso chefe de Estado e informá-lo sobre a nossa missão. Os funcionários públicos não marcavam a reunião. Essa foi a minha primeira experiência com o funcionalismo público de Biafra. Ir para o exterior tinha sido tão fácil, em vinte e quatro horas após as instruções do chefe de Estado estávamos no ar. Agora, ninguém estava ansioso para saber do resultado da nossa missão.

"Lamentei por meu guerreiro ancião e pela maneira como foi tratado, mas nada podia ser feito. Era um homem tranquilo e esperou calmamente. Por fim, encontramos o chefe de Estado e lhe passamos nosso relatório. Se ele ficou impressionado ou não, não soubemos, mas obtivemos uma vitória. A Cáritas e o Conselho Mundial da Igreja começaram a enviar por avião alimentos, remédios e roupas para Biafra.

"Não fiquei satisfeito com a forma como os itens foram distribuídos. A situação saiu do controle e, justamente quando eu estava pensando em me juntar aos soldados para lutar por Biafra, veio uma mensagem do meu pai por meio da Cáritas. Eu deveria viajar imediatamente para Dublin.

"No hospital em Dublin, meu pai estava morrendo. Consegui chegar um pouco antes que ele partisse. 'Meu filho', disse ele, 'estou feliz por você ter vindo me ver morrer. Logo essa guerra vai terminar e você voltará a sua rotina habitual. A Nigéria é diferente da Irlanda em muitos aspectos. Muitos de nós entramos na Ordem porque não havia mais nada a fazer. Não é assim em seu país, que está em desenvolvimento. Eu teria dado a você um tipo diferente de educação se tivesse pensado nisso na época. Você teria pertencido mais a seu povo; agora você não está nem lá nem aqui. Você tem sua própria consciência, deveria trabalhar na sua própria salvação. Se no futuro sentir que não fez a coisa certa, que está na vocação ou profissão errada, deixe sua consciência guiá-lo.

"'Você não me deve nada. Seja livre para viver sua vida da maneira que achar melhor. Eu te absolvo de toda culpa para que minha lembrança não o assombre. Se eu pudesse escolher, se pudesse viver minha vida de novo, teria casado e tido um filho como você e...'"

Amaka tinha estado completamente imersa na história de Izu. Estava escuro no quarto agora, e ela acendeu a luz.

Izu chorava. Amaka não disse nada. Foi ao banheiro, pegou uma toalha limpa e secou as lágrimas dele. Ela o acariciou, tocou-o em lugares proibidos, e ele ficou excitado. Fizeram amor novamente.

Como disse que aconteceria, Amaka se saiu bem ao conquistar o padre. Ela jogaria todas as cartas a seu favor. Era a primeira vez na vida que tinha planejado a aniquilação total de um homem, usando tudo o que sua mãe lhe ensinou, algo que, infelizmente, havia negligenciado porque as missionárias solteironas tinham ensinado a ela exatamente o contrário.

Depois de terminado o ato, Izu retomou sua história: "Quando enterramos meu pai, continuei em Dublin. Eu não desejava voltar a Biafra naquela época. Para manter minha sanidade, trabalhei duro; tentei escrever, mas não consegui. Precisava de paz interior para fazer aquilo. Tinha tempo de sobra. Era de paz que eu precisava, mas não conseguia encontrá-la. O que me restava no mundo era a Igreja, os sacerdotes, as freiras e, óbvio, meu Deus. Eu não tinha parentes. Muitos dos habitantes da minha vila acreditavam que eu estava morto. Na verdade, após a morte da minha mãe foi dito que os gêmeos haviam morrido. Portanto, no que diz respeito à minha comunidade, eu não era uma pessoa.

"A guerra continuou, e nosso Zik[8] veio para a Europa. Lá, em seu discurso, ele pediu que as pessoas de Biafra baixassem suas armas. Fiquei grato por aquele apelo. Alguém finalmente rogava a nosso povo pelo fim da guerra, para que nossos homens, mulheres e crianças parassem de mor-

---

8 Referência a Nnamdi Azikiwe, conhecido popularmente como Zik, primeiro presidente da Nigéria, empossado em 1960, ano da independência do país, e deposto pelos militares no golpe de 1966. Azikiwe, que era de origem ibo, lutou, mesmo afastado do poder, pelo reconhecimento da República de Biafra, que acabou por não se concretizar.

rer. Foi patético ouvir um jovem de Biafra responder, ao ser questionado por um jornalista sobre o porquê de estar na guerra, que ele lutava para impedir que a Nigéria os matasse.

"Foram solicitados voluntários para se juntarem a Zik em sua missão na Nigéria. Eu me voluntariei e me inseri na delegação. Por isso já estava na Nigéria antes do fim da guerra. Trabalhava nos círculos do Exército. Visitava os soldados nos quartéis e nas trincheiras. Ministrava a seus corpos e suas almas. Era querido tanto pelos soldados como por suas famílias. E eu me apoiava em meu nome, Mclaid.

"Ninguém sabia que eu era de Biafra, exceto Zik e o administrador do Estado do Centro-Leste, porque trabalhei próximo a ambos algumas vezes.

"Não importava quanto eu trabalhasse ali, havia uma constante agitação, um tumulto interior que persistia, e, mesmo quando a guerra terminou, essa agitação continuou. Não fui totalmente inocente durante meu tempo no seminário, devo dizer. Mas era difícil identificar o problema naquele momento.

"Fiz amizade com as famílias e, quando a guerra terminou, me aproximei daqueles que haviam estado em Biafra. Adaobi e seu marido foram bons comigo, e a casa deles era uma espécie de santuário para mim.

"Então algo aconteceu no dia em que pus os olhos em você na casa de Adaobi: veio a dor e, depois, o desejo, e agora isso, você e eu aqui em carne e osso tendo um caso, um padre tendo um caso com uma mulher casada. Você já pensou que poderia engravidar? Você me disse naquele dia que, embora os ginecologistas tivessem afirmado que não havia nenhuma possibilidade de você engravidar, um dia você teria um filho. Também eu acredito em milagres."

"Não vamos falar disso agora, Izu. Você nem imagina o que fez por mim desde que nos conhecemos. Além dos contratos, do dinheiro envolvido e de tudo isso que está aqui em volta, você fez eu me sentir mulher de novo. Falhei em praticamente todas as minhas relações com os homens até conhecer você, e na hora certa, por assim dizer."

"Eu sei o que estou fazendo, mas não consigo me segurar. Não posso contar isso a ninguém e acho que você também não, sabendo das nossas posições. Tudo o que sei é que adoro estar com você como estamos agora, nos amando e cuidando um do outro. Vivo o hoje, só Deus pode cuidar do amanhã. Caso se sinta culpada sobre nós, a qualquer momento, por favor, me diga. Se esse relacionamento envolver você demais e quiser uma pausa, tudo o que você precisa é falar comigo abertamente. Mas, por favor, não comece a inventar desculpas quando estiver cansada da minha companhia. Isso me machucaria mais. Ainda terei boas lembranças de você se me disser a verdade. Não sou jovem, já vi e passei por muita coisa, então nada realmente me choca nesse sentido. Eu suportaria a mais dura verdade no lugar de uma mentira desonesta e... Já deu. Me sirva um pouco mais daquele peixe e daquela cerveja. Preciso ir para casa agora."

Amaka saiu para buscar o peixe e a cerveja. Izu se vestiu rapidamente e checou as horas. Eram mais de dez.

Amaka trouxe a comida e a bebida, depois depositou a bandeja com os quitutes em um banquinho. Perguntou a Izu para onde ele estava indo.

"Ah, talvez você possa se vestir e ir ver se o meu carro ainda está lá."

Amaka saiu assustada. Se o carro fosse roubado, a verdade seria exposta. As pessoas começariam a fazer perguntas e então...

O carro estava lá, e o garoto também. Estava acompanhado de outros, mas ele não tinha revelado o nome do proprietário do carro. "Se ficarem comigo, o dono vai oferecer dinheiro quando chegar", afirmou aos demais.

Izu não foi embora naquela hora. Enquanto ele bebia cerveja, os dois conversavam sobre negócios. Amaka iria ao Quartel-General da Brigada pela manhã, onde se encontraria com um brigadeiro, que daria a ela os próximos documentos de um contrato. O acerto lhe concederia direito a apenas vinte e cinco por cento do lucro.

Amaka foi ao quartel pela manhã, pegou o contrato e quase desmaiou quando leu o documento. Meio milhão de nairas para construir um muro em volta de alguns quartéis. Ela era realmente uma mulher de negócios. Dirigiu-se até os quartéis e se surpreendeu ao ver que o trabalho já havia sido feito — os muros estavam erguidos. Talvez Amaka tivesse cometido algum erro. Voltou para falar com o brigadeiro, mas ele não estava mais lá, então conversou com outra pessoa que encontrou pelo caminho. O sujeito disse que ela só poderia ser estúpida para falar daquele jeito. Ela deveria apenas enviar a conta para pagamento. Então seria a única a não saber o que estava acontecendo? Se tivesse encontrado o brigadeiro, ele pegaria o contrato e o entregaria a outra pessoa.

Amaka recebeu meio milhão de nairas em quatro semanas — vinte e cinco por cento do total era dela. Ela tinha finalmente chegado lá. Agora iria a Onitsha para ver a mãe, pagar o dote e, depois, retornaria a Lagos. Talvez fosse para o exterior, desse um jeito em sua vida; faria uma consulta com um ginecologista e tiraria umas boas férias.

Não, antes deveria comprar uma casa para poder se juntar ao Clube das Senhoras do Dinheiro. Por que não? Saiu à procura de uma casa, mas não encontrou nenhuma. Poderia construir uma em seu terreno então, como havia dito que faria. Agora que descobrira quão difícil era comprar uma casa em Surulere, começaria a construir a sua própria. Um belo bangalô com três quartos já serviria, com muito espaço.

Um amigo do padre estava vendendo seu Peugeot 504 seminovo. Amaka o comprou por quase nada. Izu a ajudou a conseguir um arquiteto que projetou o bangalô e, em menos de três meses, a casa estava pronta. Era hora de ir para Onitsha.

Quando voltasse a Lagos, confirmaria sua ida para o exterior, mas primeiro deveria resolver as coisas mais urgentes. Se não pudesse ir, viajaria no próximo ano. Mas, antes de visitar sua cidade, precisava ver Adaobi e Ayo.

Ayo estava, como de costume, na companhia de seu círculo de amigas. Discutiam o que vestir para um grande evento organizado por elas. Na condição de Senhoras do Dinheiro, elas teriam destaque. Tinham filiais em toda a Nigéria, e, como esse evento seria em Lagos, as sócias de fora alugariam um avião. Não iriam permitir que a Nigerian Airways estragasse seu encontro. Tinham se preparado bastante e tudo deveria correr bem.

Ayo conhecia os funcionários da Nigerian Airways por meio de seu amante, o secretário permanente. Para que as providências necessárias fossem tomadas, ela o encontraria. Seria tudo bastante fácil. Ayo mantinha uma boa relação com o namorado. Seus filhos ainda moravam com ela, porque a esposa de seu amante não suportava olhar nem para as crianças nem para ela. Então Ayo manteve distância. O que mais queria dele que já não tivesse conseguido?

O avião foi arranjado, e, enquanto discutiam o que vestir, Amaka chegou, conduzida por um motorista.

"Pois é, me contaram que você comprou um carro. Parabéns", disse uma das Senhoras do Dinheiro.

"É de segunda mão", falou Amaka, diminuindo o acontecimento.

"De segunda mão, sei. O carro é novo em folha. Amaka, você está indo muito bem em Lagos. Parabéns", disse outra mulher.

"O problema com a minha irmã mais nova é que ela se diminui em tudo. Eu digo a ela pra contar vantagem; hoje você não é reconhecida na Nigéria se for modesta. Se tiver um lucro de duas mil nairas, diga que conseguiu vinte mil. As pessoas vão respeitá-la e trarão mais contratos pra você. Por acaso existe algum momento em que as pessoas são convocadas a se reunir e declarar quanto têm no banco? Nunca. Não existe isso.

"Então, Amaka, quando você for pra casa da mamãe e eles forem brindar ao seu carro novo, não diga que é de segunda mão. E mais: hoje em dia ninguém fala carro 'de segunda mão', e sim carro 'usado'. Você deve dizer às pessoas que está indo bem, e é verdade que está indo bem."

"Agora", voltou-se para as senhoras, "minha irmã gostaria de se juntar ao nosso clube. Ela já vive numa casa própria."

"Mana, por favor, ainda não. Nem me mudei. Falta comprar os móveis e tudo o mais..."

"O que eu estava dizendo? A modéstia vai te matar. Me deixe terminar. Senhoras, ela veio pra Lagos há um ano, construiu um bangalô, está prestes a se mudar e não considera isso uma grande conquista. Escute, você se saiu muito bem, minha irmã. Há mulheres como você que estiveram aqui durante a guerra e fizeram esses trabalhos com contratos, mas ainda vivem num quarto alugado em Yaba, Ebute Metta e até Ajegunle.

"Portanto me deixe concluir. Você chegou até aqui e agora está apta a ingressar no nosso clube. A taxa é de apenas quinhentas nairas. Fazemos nossas reuniões no primeiro domingo do mês. Contamos com uma constituição própria. E estamos prestes a ter um evento em Lagos no próximo mês que vai gerar assunto na cidade por um bom tempo. Então, pode pagar."

Amaka abriu a bolsa e deu um cheque a Ayo de quinhentas nairas. "Faça um cheque cruzado", disse a irmã, e ela assim o fez. "Este é um clube exclusivo e não sou eu quem vai bagunçar as contas."

"Ótimo!", gritaram as mulheres ao acolher Amaka no Clube das Senhoras do Dinheiro. Comeram, beberam champanhe e Amaka se sentiu como uma delas. Mais tarde, seguiu até a casa de Adaobi.

Na casa de Adaobi, Mike cuidava do jardim enquanto a esposa estava no quarto com a filha pequena. Mike parou o trabalho e recebeu Amaka de braços abertos. Não tinha mais ciúme dela. Adaobi o havia convencido a pensar na aposentadoria mais do que no trabalho o tempo todo.

"E aí? Adaobi disse que você comprou um carro. Parabéns."

"Obrigada. Novinho em folha a oito mil nairas", mentiu ela. Estava aprendendo rápido. Não foi isso que a irmã lhe ensinou? O carro tinha custado cerca de quatro mil nairas apenas.

"Precisamos comemorar. Desça, Adaobi. Sua amiga está aqui", gritou Mike. Adaobi veio rapidamente e abraçou Amaka. Ela tinha conseguido fazer um contrato para ambas e deu a Adaobi duas mil nairas. Assim, Adaobi comprou um terreno em Ikeja e estava pensando em construir uma casa sozinha, sem comentar com o marido. Enquanto isso, Mike tinha se inscrito para obter um terreno em Victoria Island e torcia para conseguí-lo. Também havia preenchido os formulários para a compra de uma casa na vila de Festac.

Adaobi trouxe uma garrafa de uísque e a deu ao marido, que abriu e serviu a bebida. O motorista levantou o capô e o porta-malas do carro e ali foram derramadas algumas gotas de uísque da garrafa.

"Pedimos as bênçãos de Deus", disse Mike.

Pedimos a misericórdia de Deus,
Amaka, por sua saúde.
A bondade acompanhará sua caminhada
Na grande cidade de Lagos
Onde fortunas são feitas
Onde fortunas são desfeitas.
Lagos que cria e
Lagos que destrói.

Sua estada em Lagos
Tem sido uma bênção
Para você e seus amigos.
Que sua taça nunca fique seca
E que este carro,
Estas quatro rodas
A levem em segurança
Para onde você for.

Nenhum inimigo barrará seu caminho.
Quando inimigos estiverem à frente,
Que você esteja atrás.
Quando inimigos estiverem atrás,
Que você esteja à frente.
Você irá a salvo
E retornará a salvo.

Então ele se voltou para o motorista e abordou-o com firmeza: "Há quanto tempo é motorista?".

"Cinco anos", mentiu o homem.

"Deixe-me ver sua carteira." O motorista mostrou a carteira.

"Mas você disse que dirigia há cinco anos."

"Sim, senhor. Dirijo há cinco anos."

"Quando você tirou sua carteira de motorista?"

"Ah, no ano passado, mas eu dirigi por quatro anos sem carteira."

"Você consegue dirigir um carro pra Onitsha?"

"Consigo, senhor. Já dirigi muitas vezes até Onitsha."

Mike se voltou para Amaka. "Fique atenta a ele e nunca seja branda. Nunca deixe que ele use seu carro sem cautela."

Então eles entraram para comer e celebrar a compra do Peugeot 504 de Amaka.

8

Obiora sentou-se com a mãe, muito preocupado.

"Por que está preocupado?", ela perguntou. "Diz pra mim por que está tão aflito."

"Por que eu não deveria estar aflito? Você afastou Amaka e a mãe dos meus filhos. Agora você vai ser minha esposa, por acaso?"

"Como se atreve a falar com a sua mãe desse jeito? Como se atreve?"

Ela levantou a mão para acertá-lo, mas Obiora desviou, segurando o seu braço esticado no ar.

"Agora, me escute, Mãe, me escute bem. Soube que Amaka está vindo pra casa e eu vou encontrá-la. Vou implorar que ela volte, e você não vai interferir, porque se fizer isso, vou matar você. Não é uma ameaça em vão. Vou matar você.

"Um homem deve ter um lar. Por que você não volta pra sua casa e me deixa em paz? Por que não fica com Obiozo? Ele mora em Okigwe com a esposa, por que não vai pra lá? Por que você quer controlar a minha rotina? Por sua culpa, tenho uma mulher miserável que não serve como esposa. Ela teve os meninos, mas quando se mudou pra cá você não a deixou em paz; a mulher levou os dois meninos embora e agora não consigo mais encontrá-la. E aqui está você, falando sobre aquela garota estúpida que chama de filha da sua amiga. Quem você acha que eu sou pra ter qualquer coisa com aquela garota? Ela é nova o suficiente pra ser minha filha, se tivesse me casado antes. Assim que Amaka retornar, vou me encontrar com ela e a mãe."

"Você não vai fazer uma coisa dessas. Estou dizendo, Obiora, você não vai fazer uma coisa dessas enquanto eu estiver viva, me ouviu? Obiora, seu filho miserável, falando com a sua mãe desse jeito. Vou embora da sua casa... Você virá até mim, implorando que eu perdoe você pelo jeito que me tratou hoje. Aqui está", e traçou uma linha com o dedo indicador, como era costumeiro. "Ouse trazer aquela prostituta pra dentro desta casa e, então, saberá o que eu, sua mãe, sou capaz de fazer com você. Você vai saber que, embora eu seja uma mulher, sou também uma guerreira e..."

Deixou a casa do filho e ficou dias sem dormir. Soube que Amaka estava em Onitsha e se preparava para reembolsar o dote. Soube também que havia se recusado a ver seu filho Obiora e ficou particularmente feliz com a notícia.

"O que esse miserável do meu filho vai fazer com aquela puta em Lagos? Ela teria um filho agora que estava se prostituindo por lá, por acaso?" Assim corria o pensamento das pessoas daquela terra. Qualquer mulher solteira que morasse em Lagos era uma meretriz comum. Não importava se vivesse como uma freira; seria uma simples meretriz e ninguém de lá se casaria com essa mulher. Seria condenada por sua própria comunidade de origem. A mesma comunidade que iria em busca de ajuda financeira se ela fosse próspera, dizendo ter com ela algum tipo de proximidade.

Essa fora a experiência de Amaka quando voltou para a casa da mãe, na sua terra. Notícias da sua fortuna haviam chegado antes dela, e "pessoas próximas" estavam ansiosas para recebê-la. Mas sua mãe estava lá para protegê-la dessas pessoas. A todo momento, a mãe a protegia.

"Quero saber dos seus planos", disse a mãe a ela. "Obiora veio me visitar antes de você voltar. Não sei quem contou da sua vinda, mas ele já sabia. Então veio me procurar, a segunda visita que me fez desde que você deixou ele. Falou em reconciliação e se culpou pela própria imprudência, mais todas aquelas coisas idiotas que os homens dizem por achar que nós somos idiotas. Ouvi até o fim o que ele disse. Então falei pra ele trazer a mãe aqui antes que você chegasse e, assim, a gente criaria terreno pra uma reconciliação.

"Nunca mais vi o Obiora ou a mãe. Depois, ele ainda foi falar com a minha nora e o meu genro, mas não conseguiu nada."

"O que aconteceu com os filhos dele?", perguntou Amaka.

"A mãe dos filhos de Obiora não conseguiu conviver com a mãe dele, então foi embora com os meninos."

"Mas ouvi falar que os filhos não são realmente dele."

"Não. São dele sim, eu os vi algumas vezes. Nosso povo mente muito. Ela foi embora porque a mãe do Obiora é insuportável de se conviver. E qual é o seu plano? Você ainda não me contou."

"Vim devolver meu dote pro Obiora. Depois, devo começar os procedimentos do divórcio na Justiça. Estou ciente de que demora um tempo. Sabe, mãe, eu quero ser livre, absolutamente livre."

"Além dos contratos e tudo o mais, você está feliz em Lagos?", perguntou a mãe. Ao contrário da mãe de Amaka, o povo acreditava que, tão logo uma pessoa conseguisse dinheiro, ela seria feliz. Como se fosse possível comprar felicidade e satisfação.

Amaka titubeou antes de responder. Estava aprendendo muito com a mãe recentemente. Sua mãe havia mudado bastante. Não era mais a mulher dura de antes, e havia respeito em sua voz quando falava com Amaka. O que significava essa mudança de atitude? Tinha a ver com seu *status*? Ou estava relacionado ao fato de agora ter dinheiro e poder falar de uma posição de poder? Até mesmo sua mãe respeitava o dinheiro. Mas quem não era assim? A riqueza recém-

-chegada havia alterado sua vida de alguma forma. Sabia quão importante era viajar para Onitsha, então, naquele dia no aeroporto, havia pagado um suborno. Dera trinta nairas a um funcionário em troca de um cartão de embarque. Jamais pôde fazer algo dessa natureza antes de ir para Lagos e conseguir sua fortuna.

Havia nela um ar de importância agora, e Amaka podia senti-lo, amava isso. O dinheiro foi feito para ser gasto. Então, é preciso gastá-lo quando se tem.

"Estou razoavelmente feliz, mãe. Trabalho muito e tenho amigos. Ayo está lá, é claro, e ela me apresentou ao seu círculo de amigas. Estou bem contente."

"Você não está vivendo com um homem?"

"Não, mãe. Ah, mãe, olhe as perguntas que você me faz!"

"Sou sua mãe, você sabe."

"Mãe, mas como falar sobre coisas assim com você?"

"Por que não? Você é uma mulher, sabia? Sou sua mãe. Sei como se sente."

"Mãe, estou farta dos homens. Vamos falar de outras coisas."

"Mas eu achei que você estava pagando o dote porque tem outra pessoa e..."

"Não, mãe. Já disse adeus aos maridos."

"Assim é melhor. Adeus aos maridos, não adeus aos homens. São coisas diferentes."

Amaka gargalhou. "Mãe, você é incrível. É óbvio que está certa, você está sempre certa. Se eu tivesse dado ouvidos a você na minha juventude, teria tido filhos sem um marido, como a Ayo fez. Nós nos damos muito bem, mãe, Ayo e eu. É uma irmã adorável. Das minhas irmãs, é a quem sou mais apegada."

"Sim, a Ayo é boa. Mas você deve amar todas as suas irmãs igualmente. Todas vocês devem ficar juntas. Você não pode ficar sozinha nesse mundo. Precisa de pessoas, laços, laços de sangue pra aproveitar a vida. Agora, com relação ao Obiora: você tem certeza de que não quer mais ficar com ele?"

"Tenho certeza."

"Então ele precisa ser avisado. Deixa comigo."

À noite, a mãe de Amaka foi ver o ancião da vila de Obiora. "Nós faremos como manda o costume. Se você não aceitar o dote, deixaremos no templo", ela lhe comunicou.

Não havia nada que Obiora pudesse fazer, especialmente quando nem sua própria mãe o apoiava. Se ela o apoiasse, teria feito um escândalo.

"Agora que já cuidamos disso, minha filha, você deve convidar as garotas da sua idade pra te fazerem companhia. Elas devem compartilhar das suas riquezas."

As garotas foram chamadas para estar com Amaka e juntas celebraram e pediram a Deus que desse a ela dez vezes mais do que havia gastado ali. Uma delas chegou sozinha e foi logo perguntando:

"Sei que você é casada e quer se divorciar. É verdade?".

"Sim. Como você sabe?"

"Bom, sou advogada e venho oferecer meus serviços. Minha especialidade é divórcio." Amaka riu. "É, nós também temos que comer, casamentos são feitos e desfeitos."

Todas riram. A situação fez Amaka se lembrar de uma amiga que lhe havia contado sobre um escritório onde casamentos eram anulados em vez de serem registrados. Na vez em que estivera lá, o funcionário a encarou e implorou que tivesse cautela com o homem com quem se casaria. Dito e feito, porque o sujeito com que ela estava prestes a se casar se mostrou irresponsável, alguém muito desonesto.

Antes de voltar para Lagos, a mãe de Amaka lhe contou sobre uma curandeira, uma mulher muito boa em fazer mulheres engravidarem. Não perderia nada se fosse visitar a tal mulher, a mãe acrescentou. Tinha ouvido falar de mulheres estéreis cuidadas por essa curandeira que engravidaram. Amaka não gostaria de visitá-la?

Amaka consentiu e, naquela noite, as duas se dirigiram à cabana da mulher, situada em uma parte remota de Onitsha. Amaka se perguntou como alguém podia viver naquele lugar sem ficar doente. A cabana era tão baixa que, apesar de não ser uma mulher alta, Amaka precisou se inclinar para entrar.

A cabana era feita de barro com telhado de colmo. Não havia nada no chão, exceto um pequeno banco usado para bater fufu. A cama, de bambu, estava coberta com vários tipos de trapo.

A mulher estava na parte de trás da cabana. Pediu que Amaka e a mãe se sentassem e disse que logo viria atendê-las. Estava ocupada com uma paciente e, além do mais, as duas tinham chegado muito cedo.

Quando a mulher surgiu, Amaka ficou surpresa ao notar que era jovem, mais ou menos de sua idade. Tinha uma aparência limpa e arrumada. A curandeira as recebeu com atitude generosa, tendo obviamente ouvido falar de Amaka e de sua mãe.

Olhou para Amaka e deu um sorriso de quem sabia mais sobre o que havia por trás.

"Estou feliz por você ter deixado o seu marido", começou ela. "Ele não teria dado um filho a você. Não é sua culpa, também não é culpa dele. Vocês simplesmente não são compatíveis, só isso. Mesmo assim, o seu é um caso difícil, porque você deveria ter tido filhos antes dessa sua nova riqueza. Mais uma vez, não é culpa sua..."

"De quem é a culpa, então?", perguntou a mãe de Amaka, com impaciência. "Se eu soubesse que você falaria assim, não teria trazido a minha filha aqui. Ouvi falar da sua reputação e pensei que você a ajudaria; então, nada de bobagens, por favor. Ela vai ter um filho ou não? Quem é responsável pela esterilidade dela durante esses longos anos? Não somos estéreis na minha família, nem há mulheres estéreis na família dela. Deve haver um motivo pra isso. Qual é?"

"Mãe, não seja impaciente comigo. Conheço bem o meu trabalho e sem dúvida você conhece o seu. Digo o que me é revelado pelos deuses, não o que meus clientes querem ouvir. Se não está satisfeita, aqui está a sua taxa de consulta. Vocês podem sair."

"Vamos, Amaka. Que bobagem. Vamos deixar esse lugar sujo. Eu não vim aqui pra ser insultada."

"Mãe, espere. Por que você não se acalma? Eu sempre achei que o sangue dos jovens fervia nas veias e eles agiam precipitadamente. Estou descobrindo que os jovens são ainda mais tolerantes do que os velhos. Prossiga, sou toda ouvidos. Quero ouvir o que você tem a dizer. Sim, a culpa não é minha e também não é do meu marido. O que pode ser feito? Existe algum remédio?"

Mas o estrago já havia sido feito. A mulher não conseguia continuar. Ela tinha sido perturbada. Não conseguia mais se comunicar com seus deuses. Não podia mais ver nada, ela mesma disse.

"Você pode voltar se quiser", falou para Amaka, muito ofendida. "Não tem mais nada que eu possa fazer por você hoje."

"Idiota", disse a mãe de Amaka, saindo com raiva. Amaka não conseguia segurar o riso quando sua mãe falava inglês. Esse era o único comentário ofensivo que sua mãe conseguia dizer no idioma.

"Vamos pra casa, minha filha. O tempo de Deus é perfeito. Você terá uma criança, em nome de Deus, você terá um filho. Não se preocupe. Ela não sabe de nada. O que quis dizer com nova riqueza? Foi por isso que fiquei com raiva. Ela não ouviu falar de mim, do seu falecido pai e de todos os seus antepassados? Por que ela falava de novas riquezas como se a riqueza não estivesse na minha família e na sua?"

"Mas, mãe, você devia ter ouvido."

"Ouvido insultos? E do que você chama aquilo? Boa educação? O problema de vocês, garotas que foram pra escola, é tolerância demais. Vocês toleram bobagens. Aguentam tolices com prazer. Vocês se machucam e escondem a dor. Não entendo mesmo vocês. Eu testemunhei um drama delicioso outro dia."

Elas entraram no carro e rumaram para casa. A mãe de Amaka continuou:

"Vi uma mulher agarrando as calças do marido na rua enquanto ele entrava no carro pra ir trabalhar. A mulher não parava de gritar: 'Você não pode ir trabalhar hoje sem me dar dinheiro pra sopa. O que você quer que eu faça? Quer que eu morra de fome com os meus filhos enquanto você trabalha? Você tem que me dar dinheiro pra comida hoje, hoje mesmo'. Pedestres se juntaram nas ruas de Onitsha, como de costume. O homem ficou envergonhado. Ele discutia, mas a mulher estava resoluta. 'Dinheiro pra sopa. Sem dinheiro pra sopa, sem trabalho.' Aquela mulher não frequentou a escola. Se ela tivesse frequentado, você acha que teria coragem de brigar na rua? Claro que não", continuou. "Mas ela conseguiu o que queria. Seu marido estava tão envergonhado que desejou que o chão se abrisse e o engolisse. E foi isso. Isso é o que nossos homens querem hoje em dia. É bem isso. Aquela curandeira não serve pra nada. Ela também não seria eficaz. Eu a vi, a avaliei e falei com ela, então não se preocupe."

Naquele dia, a curandeira foi visitada também pela mãe de Obiora. Se Amaka e sua mãe tivessem ficado, as duas famílias teriam se esbarrado. O drama teria sido muito complicado para ser descrito.

A mãe de Obiora disse: "Tenho que me consultar com você. Estou com um problema. Tem a ver com um filho meu que quer se casar com uma meretriz de Lagos. Bom, não é exatamente assim. Ela era a esposa dele, aí quase o matou e, então, fugiu pra Lagos. Meu filho agora a quer de volta. Pode acreditar nisso? Querer uma meretriz de volta enquanto há tantas garotas em busca de marido. Você tem que impedir essa tolice. Meu filho não deve ir pra Lagos. Ele está ameaçando segui-la até lá. Você tem que impedir. É por isso que eu vim. Quero meu filho aqui, aqui comigo".

"Eu já tive o suficiente por um dia", a dibia[9] disse. "Agora espere e deixa eu ver se eu escutei bem. Você veio pelo seu filho e por essa mulher que ele quer seguir até Lagos, certo?"

"Você deve ser estúpida. É claro que sim."

"Você não quer dizer que essa mulher vive em Lagos e o seu filho está aqui e..."

"Ah, meu Deus. Estou falando outra língua?"

"A mulher de quem você fala acabou de sair daqui com a mãe."

"O que disse?"

"Estou falando outra língua?"

"Não. Por que estavam aqui? Pra matar o meu filho? Elas pediram que você mate o meu Obiora? Me diga quanto te ofereceram, vou te dar cem vezes o valor. Fale, fale..."

---

9 Dibia é um termo em ibo que se refere a curandeiras e médicas com conhecimentos tradicionais de seu povo.

"Espere, espere. Nunca revelo nada sobre meus clientes. Nem mesmo quando eles me insultam. Só me fale a sua questão."

"Vocês, dibias, são todas iguais. São todas traiçoeiras. Por que você atiçou a minha curiosidade? Vi as suas clientes, por acaso? Perguntei quem entrou e saiu daqui? Não foi você quem começou, sua pobretona miserável?"

"Quem está insultando a minha esposa? Quem é a filha da puta que está insultando a minha mulher?" O marido da dibia tinha chegado e ouvido tudo.

"Melhor você dizer pra sua mulher se comportar ou vou insultá-la ainda mais", retrucou a mãe de Obiora. "Não sou dessas mulheres com quem ela mexe. Ah, é você, eu te conheço. Essa é a sua mulher, a dibia? Eu a vi recebendo a comunhão no outro domingo. É uma dibia?"

"E o que você está fazendo aqui, se é cristã e comungante? Não devia procurar a minha esposa. Mas, se você não sabe, ela é uma boa parteira. Ela recebeu esse dom diretamente do Deus lá de cima. Ela faz o que Deus lhe pede. Ajuda mulheres a engravidar e isso não deveria ser contra os ensinamentos da Igreja. De toda maneira, por que você está aqui? Já passou da idade de gestar. O que quer da minha esposa?"

"Raios que te partam! Quem passou da idade de gestar? A sua esposa?"

"Por favor, deixe, meu senhor", a dibia implorou ao marido. "Deve ser culpa minha. Não tive um bom dia. Tenho que fazer algo pra apaziguar os deuses. Nunca fui insultada dessa maneira antes. E este é o décimo ano em que atuo nessa vocação. Fiz tantas mulheres engravidarem. Nunca fiz mal a ninguém. Mas essa mulher, e a outra antes dela, vieram me atormentar. Talvez os deuses estejam bravos comigo.

"Mulher, vá embora. Meu negócio é fazer mulheres engravidarem, não impedir os maridos de ficarem com suas esposas. Seu filho perdeu a esposa dele pra sempre, nada os une mais. Então vá embora. Seu filho não servia pra esposa, ela foi embora pra nunca mais voltar. Saia e me deixe em paz. Eu disse o que tinha pra dizer, nada mais. Vá, já ouvi o suficiente por um dia."

Ela se voltou para o marido e disse: "Meu senhor, bem-vindo".

"Você não terminou o assunto comigo ainda", disse a mãe de Obiora.

"O diabo em pessoa veio hoje nos visitar. Mulher, o que mais você quer da minha esposa?"

"Qual é a taxa? Eu pago as minhas contas."

"É de graça", a dibia respondeu.

"Nunca. Nada é de graça nesse país hoje em dia."

"Está bem, dê a ela uma cabeça de narguilé."

"Aqui estão cinco nairas pra uma cabeça de narguilé."

E partiu sem dizer nenhuma outra palavra.

Quando chegou em casa, Obiora a esperava. Ela o abraçou.

"Este é o meu filho. Este é o meu segundo filho, minha pérola, meu filho de verdade."

"Onde você esteve?"

"No mercado. Hoje passei um bom dia no mercado. Sente e coma comigo. Você parece cansado. O que tem feito consigo mesmo?"

"Estou bem, mãe."

"Você está preocupado. O que está acontecendo?"

"Nada."

"Deve ter alguma coisa."

"Amaka está prestes a voltar pra Lagos e eu soube que ela tem uma advogada que vai iniciar o processo de divórcio.

Não quero isso, mãe. Ouvi dizer que agora ela é muito rica. Construiu uma casa em Lagos, tem um carro, frequenta círculos importantes na cidade e poderia ser muito útil pra mim. Eu quero a Amaka, mãe. Estou sofrendo sem ela."

A mãe de Obiora deixou que aquelas palavras decantassem com cuidado. Pediu ao filho que fosse para casa e voltasse no dia seguinte. Ela não dormiu. Não tinha ouvido falar da riqueza de Amaka até então. Caso tivesse ouvido, certamente não havia se dado conta do que significava. Amaka tinha devolvido o dote, sim, mas podia levá-lo de volta. A mãe de Obiora sabia como. Os homens velhos da vila eram pobres. Sabia como lidar com eles.

Pela manhã, descobriu que Amaka tinha mais três dias em Onitsha antes de voltar para Lagos. Não entendia ao certo o processo judicial, mas isso podia esperar. Uma vez que lidasse com o dote, tudo ficaria bem. Foi até o chefe da família. Após as habituais saudações, trouxeram uma kola, e ela colocou uma naira no prato para quebrá-la.[10] O velho agarrou a naira como se nunca tivesse visto outra antes.

"Vim falar sobre a esposa do meu filho."

"Qual?", perguntou o ancião.

"Quantos filhos eu tenho?", perguntou evasivamente.

"Eu quis dizer: qual das esposas do seu filho?"

"Não sabia que ele tinha outra além da filha de Okollo", mentiu ela.

"A puta que agora vive em Lagos."

"Olha como fala, velho. Como ousa chamar a esposa do meu filho de puta?"

---

10 Referência à semente de noz-de-cola, comum nas florestas tropicais da África Ocidental. Na Nigéria, a noz-de-cola é oferecida como símbolo de hospitalidade, amizade e respeito, sobretudo em eventos sociais importantes, como casamentos ou batizados. Ela também é usada para fins medicinais.

"Eu devo estar caducando. Que dia é hoje?"

"Afor."[11]

"E você é..."

"A mãe do Obiora."

"E esta é a minha casa."

"Sim, estou na sua casa, vim dizer pra devolver o dote que a família da esposa de Obiora trouxe de volta algumas semanas atrás."

"Pra mim?"

"Sim, pra você. Obiora se arranjou com a esposa, e os dois vão morar em Lagos."

"Mãe do Obiora, a mãe da Amaka disse que ela viria, mas não veio ainda. Eu não vi Amaka. Não vou aceitar o dote assim desse jeito. Ainda não. Você parece que esqueceu os nossos costumes. Todos os meus irmãos vão vir, conto pra eles e decidimos. Você sabe que nunca imponho a minha vontade sobre a dos meus irmãos."

"Deus o abençoe. Aqui está outra naira e muito obrigada."

No instante seguinte, ela estava na casa da mãe de Amaka e, felizmente, descobriu que Amaka tinha saído, mas a mãe não. Amaka saíra para procurar um terreno que queria comprar em Onitsha, e a mãe não se sentia bem o suficiente para ir ao mercado.

"Entre, entre. Mãe do Obiora, você é bem-vinda na minha casa. Por favor, sente e fique à vontade. Bem-vinda, bem-vinda. Acabei de comer. A cozinheira deve preparar algo pra você? Comprei um peixe fresco muito bom. Posso cozinhar enquanto você espera. Seja bem-vinda. O que posso usar pra te oferecer uma kola? Você está na minha casa, eu me sinto muito honrada por isso. E a cozinheira

---

11 Um dos quatro dias da semana no calendário tradicional ibo.

nem está mais aqui. Sente, ah, você já está sentada. Vamos ver a geladeira. Não tem nada."

Era mentira. A geladeira estava cheia de diferentes marcas de refrigerante, cerveja e até cerveja preta. A mãe de Amaka não queria que a visita bebesse algo.

A mãe de Obiora não podia ser tão facilmente enganada, claro. As duas eram adeptas do mesmo jogo. Ambas sabiam o que queriam.

"Não se preocupe, mãe da Amaka, ou devo dizer, minha mãe. Não se preocupe. Faço um tratamento com injeções, não posso comer kola nem beber nada. Estava aqui perto de passagem, então achei que deveria fazer uma visita e cumprimentar a minha filha, que, ouvi dizer, voltou de Lagos. Gostaria que essas crianças pudessem me emprestar os olhos que usaram pra ver Lagos. Ouvi dizer que é um lugar muito bonito, cheio de carros, motos e pessoas; que é fácil ir a Lagos, o difícil é retornar. A minha filha retornou, então esse ditado se mostrou errado — bem, no caso de Amaka, evidentemente."

"Lagos é um lugar maravilhoso, mãe do Obiora. Você deve arranjar um tempo e ir até lá. Nunca soube que havia um lugar assim até ir pra lá. Por que nossos filhos morriam na guerra enquanto havia um lugar como Lagos?" A mãe de Amaka estava contente. Pelo menos, tinha uma boa vantagem sobre sua inimiga, a mulher que queria destruir sua filha. Estava debaixo de seu teto. Não tinha sido convidada, havia vindo por conta própria, então merecia as provocações.

"E você precisa ir pra Kano também. Meu filho Chukwuma vive lá com a esposa branca. Moram numa área exclusiva pra brancos. Quando volto de lá, eu me sinto rejuvenescida, pareço dez anos mais jovem. Um dia, meu filho me levou pra um lago fora de Kano. Não conseguia acreditar nos meus próprios olhos. Um lago no meio do deserto, um lago tão grande, talvez até maior do que o lago de Oguta. Ali, no meio do nada. Fiquei muito admirada. Perguntei ao meu filho como levaram o lago praquele lugar. Ele me contou que era artificial. Artificial! Você consegue acreditar que alguém possa criar um lago e pôr os peixes lá também? Mãe do Obiora, você precisa visitar Lagos, Kano e outros lugares. Onitsha tem um jeito de deixar a gente velha e triste, até mesmo ignorante."

A mãe de Obiora sabia que tinha pedido por isso. Começou a se culpar, mas logo parou. Nenhuma das duas mulheres tinha a palavra arrependimento em seu vocabulário. O que elas faziam e diziam em qualquer hora ou lugar estava absolutamente certo e não deveria ser contrariado nem discutido.

"Estou pensando em ir a Lagos", começou a mãe de Obiora. "Até pensei que Amaka poderia me dar uma carona no seu carro", mentiu.

"Sim, por que não? Com certeza ela dará a você uma carona no carro novinho em folha dela. Outro dia fizemos oferendas pra celebrar a compra do carro da minha filha. Eu falei pra chamarem você, mas me disseram que estava no funeral de um parente próximo. Ah, Amaka volta já. Espere por ela. Na verdade, você terá o carro inteiro só pra você depois do Benin, porque minha filha vai pegar o avião lá, enquanto você e o motorista vão pela estrada."

A mãe de Amaka sentiu que levava vantagem. Gostava daquela sensação. "Tem certeza de que não vai beber nada? Nem mesmo um copo de água da geladeira? Nada como um copo de água gelada numa tarde quente de Onitsha."

"Você não esteve no mercado hoje?", perguntou a mãe de Obiora.

"Mercado? Amaka voltou pra casa e estou ocupada cuidando dela, ajudando a entreter suas amigas e as mulheres da sua idade. Vou retomar as coisas quando ela voltar pra Lagos. Ah, esse é o som do carro da Amaka. Ela está de volta. Você tem sorte."

"Amaka, sua sogra está aqui. Seu motorista pode dar a ela uma carona até Lagos?"

Era demais para Amaka. Queria sentar-se um pouco antes. Não entendeu bem o que a mãe dizia. Uma carona para Lagos? Ela então avistou a mãe de Obiora e a abraçou. "Mãe, quanto tempo. Seja bem-vinda. Que bom que veio. O que a minha mãe está falando sobre Lagos? Você está indo pra lá?"

A mãe de Obiora concordou com a cabeça.

"Eu a levo, com certeza. Parto na próxima semana, na segunda-feira, após o expediente. Mas, antes disso, devemos nos encontrar. E como estão Obiora, a nova ou antiga esposa e os filhos?"

"Estão bem. Você parece ótima, minha filha. Lagos foi boa com você."

"Ela recusou a minha kola e tudo o que ofereci", disse a mãe de Amaka.

"Verdade, Mãe? Não importa, em Lagos teremos muito o que comer", disse Amaka, e então a mãe de Obiora partiu.

Antes das seis da manhã, Amaka e o motorista foram para o Benin para que ela pegasse o primeiro voo para Lagos.

9

"Deve ter algo de errado comigo", disse Amaka, falando sozinha. "Nunca me senti assim antes."

Eram nove da manhã e, mesmo com muito por fazer, não conseguia sair da cama. A empregada chegou e se surpreendeu ao encontrar a patroa em casa. Amaka normalmente madrugava: às seis da manhã já estava em seu terreno conduzindo o dia de trabalho e, antes das nove, estava no ministério, prestando contas dos trabalhos feitos ou à espera dos próximos.

A empregada era, na verdade, uma babá, a quem Amaka chamava de Tia. Uma mulher muito digna, porém pobre. Ela teve boa sorte nos velhos tempos; havia se casado com um marinheiro com quem teve dois filhos queridos. Ao contrário do hábito dos marinheiros brancos na costa oeste africana na época, o sr. W.C. Simon se estabeleceu em Apapa, Lagos, com a mulher e os filhos. Então a Segunda Guerra Mundial aconteceu, e o sr. Simon foi mandado de volta para seu país, a Alemanha. A ordem foi tão repentina e inesperada que não sobrou tempo para traçar nenhum plano com sua família. Ele era inimigo da Grã-Bretanha — Hitler havia declarado guerra àquela nação e ele, um alemão, tinha que deixar a colônia britânica.

A babá ficou para cuidar das crianças, um trabalho que cumpriu admiravelmente, pois tinha recursos para tal. O marinheiro havia deixado tudo para ela e os filhos. O problema é que ela era uma empresária inexperiente, muito jovem. Se alguém adequado tivesse cuidado dos negócios que o marinheiro havia deixado, certamente teria se saído bem. A verdade é que ela ficou com duas crianças pequenas para criar e pouca, praticamente nenhuma, experiência em negócios — devia ter apenas dezessete anos quando conheceu o marinheiro.

A mulher esperava que a guerra acabasse e que seu homem voltasse para casa. Finalmente a guerra acabou em 1945 e, um ano depois, o sr. Simon começou a mandar mensagens, mas ninguém conseguia encontrar a esposa e os filhos. Ela havia se mudado para a casa em Warri com as crianças.

O sr. Simon ficou desiludido. Casou-se com uma alemã, mas sempre se lembrava de seus filhos na Nigéria e da mãe deles. Repentinamente, teve a oportunidade de visitar o país de novo, por volta de 1955, e conseguiu chegar até Warri. Algumas perguntas o levaram para a casa de sua mulher nigeriana e de seus filhos, mas já havia se passado muito tempo. O homem não tinha a intenção de levar a mãe de seus filhos com ele. Havia se casado. Já não existia mais nenhum tipo de casamento entre os dois. Ele estava em uma posição importante. Trabalhava em uma empresa que viera fazer negócios na Nigéria. Rápidos arranjos foram feitos e, assim, as crianças partiram para casa com o pai, em meio à vaga promessa de que a mãe se juntaria a eles mais tarde.

Depois disso a babá foi empregada por Amaka, que a tratava como uma tia. Naquele dia, ela bateu à porta e demorou muito tempo até que Amaka saísse da cama para atendê-la.

"Minha filha" — sempre chamou Amaka de filha pela maneira como ela a tratava. "Você teve uma noite longa? Nunca vi você ficar acordada até tarde desde que moro aqui. Qual é o problema?"

"Estou fraca, Tia, só isso."

"Posso pegar alguma coisa pra você beber?"

Amaka sacudiu a cabeça com veemência. Não queria nada. "Acho que vou ficar na cama hoje e descansar. Preciso descansar. Tia, por favor, reze por mim, reze pra que eu não adoeça."

"Você não vai adoecer, minha filha. É uma mulher forte."

Amaka sorriu, a despeito de sua situação. "Então os fortes não adoecem, Tia?"

"Eles adoecem, minha filha, mas não você. Você não vai adoecer. Posso fazer uma pergunta?"

"Claro que sim."

"Quando veio a sua última menstruação?"

"Quando veio a minha última menstruação?" Amaka repetiu para si mesma. Foi para a cama, sentou-se e pediu que a babá se sentasse a seu lado. Costumava registrar as datas quando era casada com Obiora. Fazia isso tão religiosamente que, quando nada acontecia, isto é, quando não engravidava, ficava bastante chateada e sentida. Isso antes de os ginecologistas descobrirem seus tubos bloqueados, evidentemente.

Desde que chegou a Lagos, não se preocupava mais com seus ciclos menstruais. Por que isso importaria? De qualquer maneira, não descia muito mesmo; se chegasse a hora, seria ótimo, mas, se não chegasse, não era perceptível.

Então se lembrou de que tinha menstruado em Onitsha quando visitou sua mãe, alguns meses antes. Isso já fazia quanto tempo?

"Tia", disse em voz alta. "Quando voltei de Onitsha?"

"Vim morar aqui três meses antes da sua ida pra Onitsha, e já faz dois meses que você retornou", disse. Era boa em guardar coisas na memória. Afinal, ela não tinha contado os dias até que o marinheiro voltasse para ela e as crianças?

"Não menstruei desde aquela última vez em Onitsha. Então..."

"Então você deve ir com calma, ficar na cama, não se empolgar demais e..."

"Ah, Tia, mas..."

"Meu conselho é o seguinte: não se encontre com ninguém até não menstruar pelo terceiro mês. Depois, vá fazer um exame de urina. Se estiver grávida, vai saber pela urina. Deus trabalha de maneiras muito misteriosas, minha filha."

"Tinha perdido as esperanças, Tia."

"Não pense nisso, minha filha. O segredo está entre nós duas e, óbvio, o seu homem. Então..."

"Meu homem? Meu homem?" Foi então que lhe ocorreu: se estivesse realmente grávida, padre Mclaid seria o pai. Nada havia acontecido com nenhum outro homem durante os últimos quatro meses. O *alhaji* saíra de sua vida ao descobrir que Amaka somente o tolerava. Ele não a queria temporariamente, queria Amaka para sempre. Queria possuí-la, tê-la. O que era mais tolerável, ser esposa ou amante? Ela não sabia dizer. Não sabia qual era o menor dos males. Não queria mais ser esposa, nem ser amante, nem sequer uma mulher comprometida. Queria um homem, apenas um homem, e queria ser independente dele, pura e simplesmente.

Nesse caso, estava perfeitamente bem. O padre Mclaid nunca, nunca iria querer casamento nem reivindicar o filho dela. Ah, mas por quê, por que ela estava cantando vitória antes da hora? E seria possível que estivesse grávida agora?

Teve vontade de telefonar para Adaobi, mas se conteve. O que diria a ela?

"Pode me dar um café, Tia?", perguntou à babá, que limpava o banheiro.

"Minha filha, não posso te dar café. Você não deve beber nada quente agora. Se estiver com sede, pode beber água gelada."

Amaka não estava com vontade de beber água gelada nem sentia fome.

"Você não quer água gelada? Talvez eu possa fazer um café da manhã pra você."

A babá preparou um café da manhã. Quando Amaka terminou de comer, foi direto para a cama. Quando acordou, era quase meio-dia.

Mais uma vez, a ficha caiu para ela: o que diria ao homem de Deus se aquilo fosse verdade? Deixou a ideia para lá, tomou um banho e foi até a casa de Ayo. Como de costume, sua irmã estava lá. Elogiou a boa aparência de Amaka e contou que as Senhoras do Dinheiro estavam programadas para ir a Ibadan na semana seguinte para o lançamento do clube. Amaka disse que estaria presente.

Amaka sentia medo de contar à irmã. "Agora não, agora não", disse a si mesma. "Quando eu tiver certeza." Mas já tinha certeza. Isso nunca havia acontecido com ela antes. Após o terceiro mês de atraso, pegou uma amostra de urina, que marcou com um nome falso, e a deixou em um laboratório perto de sua casa. O exame deu positivo; estava grávida.

Agiria como uma adulta sensata. A babá veio morar com Amaka para que tivesse sempre alguém a seu lado. Então se lembrou de quando disseram que ela ficaria grávida, sendo o homem responsável uma pessoa especial. Ficara ofendida com essa profecia, feita muitos anos antes. Mas, no fim das contas, comprovou que aquela pessoa estava certa.

Amaka se inscreveu em uma clínica que ficava perto de sua casa para não precisar percorrer um caminho muito longo. Havia decidido desistir dos contratos, por ora, e, na verdade, largara tudo, para se concentrar na gravidez e pensar na melhor maneira de dar a notícia a Izu, seu amante.

O padre Mclaid tinha estado por perto nesse período, mas não suspeitava de nada, e Amaka também não havia contado sobre o que acontecia. Ela recusava todas as suas tentativas de aproximação, o que o chateava. Estava preocupado, mas não dizia nada. Ele a amava com uma grande paixão, madura e atenciosa. Como Amaka, o padre Mclaid sabia que estava brincando com fogo. Durante as primeiras etapas do relacionamento deles, o padre perguntou o que aconteceria se Amaka engravidasse, mas ela disse que aquilo não aconteceria. Ela não deu mais detalhes, ele não insistiu. Amaka ficou bem impressionada com a pergunta, pois mostrava que Izu sabia o que estava fazendo, que era responsável. Na época, queria apenas uma coisa dele, uma base para conseguir ganhar dinheiro e viver de forma independente. Sua conexão com o padre não era motivada por nenhum sentimento de afeto, muito menos de amor, no início. Mesmo agora, não sabia ao certo o que sentia por ele. Não sentia falta quando o padre estava longe. Ele havia determinado que Amaka não telefonasse para sua casa, e esse acordo era muito conveniente para ela.

Izu estava brincando com fogo, e sabia disso. Mas a última coisa de que suspeitava era algum dia Amaka engravidar e ele ser o pai da criança. Não havia feito nenhuma exigência a ela, embora a amasse. Quando ia vê-la e ela não estava lá, não fazia perguntas. Por que faria?

Mas e ele, um homem de Deus, preso ao celibato, o que estava fazendo, enganando a Deus e a seu rebanho? Estava ciente de que cometia um pecado mortal, mas nada fazia a respeito. Em certo momento, pensou em confessar tudo ao bispo, mas não teve coragem. Apesar disso, fazia bem seu trabalho. Era respeitado tanto por sua congregação como por seus pares. Às vezes, sentia-se tão culpado que ficava com medo de se aproximar de seus colegas, com receio de descobrirem seus pensamentos. Às vezes, pensava que eles sabiam, que um dia iriam desmascará-lo, que deixaria o sacerdócio em desgraça. Pois, sendo sincero, em qual outra profissão ele era bom, senão em ministrar para Deus? Outros padres tinham profissões. Havia médicos, professores, até mesmo arquitetos. Ele, ao contrário, não tinha aprendido nenhum ofício. Era bom em pregação e podia converter o próprio diabo caso se dedicasse a isso. De maneira alguma estava preparado para levar a vida como um civil. Quando encontrava Amaka, o padre Mclaid vinha vestido com mufti,[12] entrava e saía sorrateiramente. Nem o garoto que nesses dias vigiava seu carro sabia que era um padre. Era um homem cuidadoso e acobertava muito bem seus passos. Mas sabia que, cedo ou tarde, algo iria acontecer. Havia sempre um começo, um meio e um fim para tudo, especialmente para um caso como aquele que mantinha com Amaka.

Qual seria o desfecho dessa história? Ele não quis ir mais fundo naquele pensamento. Então deixou para lá, como Amaka também havia feito. Mais tarde, porém, esse pensamento ainda o incomodava, dia e noite. Começou então a se lembrar do comportamento de Amaka nos últimos tempos. Por que ela o evitava? Por que não queria mais ter relações sexuais com ele? Estava acontecendo alguma coisa com ela? Estaria grávida?

Eram dez da noite. Em Lagos, as pessoas não gostavam de sair e ficar fora até muito tarde, por medo de assaltantes armados. Como Lagos tinha mudado! Nos tempos em que Amaka estudava a cidade era um lugar seguro. A guerra veio e tudo mudou, para pior. Pessoas assassinadas aos montes. Havia muita coisa fora do lugar na sociedade.

---

12 Roupas consideradas casuais pela sociedade nigeriana.

Padre Mclaid estava inquieto, então se dirigiu até a casa de Amaka. Havia algo de errado? Ela tinha encontrado outra pessoa e queria se livrar dele? Sabia que Amaka não estava mais vendo o *alhaji*, mas estaria vendo outra pessoa? Um oficial? Por quê, por que justo nesse momento da vida tinha se apaixonado tão desesperadamente por essa mulher de meia-idade? Havia uma explicação?

Tinha a chave da casa. Abriu a porta, hesitou, depois entrou no quarto. Amaka rezava ajoelhada. "Meu Deus", sussurrou ele, ajoelhando-se ao lado dela. Proferiu uma ave-maria, rezou tendo ela em seu coração e sentou-se ao seu lado. Estava determinado a passar a noite com ela pela primeira vez.

"Você veio. Pensei em telefonar, mas me contive, e agora você está aqui. Nossas mentes estavam sintonizadas. Izu, estou grávida e você é o pai. Estou feliz. Mas... tenho rezado pra que Deus me perdoe por ter tentado você dessa maneira. Estou ciente do caos que trouxe a você. Como disse quando nos conhecemos, fui considerada estéril pelos médicos. Não usei você pra ter um bebê — como poderia? Na verdade, queria usá-lo pra conseguir contratos de trabalho, e agora isso..."

"Querida Amaka, eu sabia o que estava fazendo. Você não me usou; pelo contrário, eu usei você. Não me arrependo. O bebê deve nascer. Sou o responsável. Tudo o que peço é que você mantenha isso em segredo até que eu resolva as coisas. Nada mudou. Vou continuar cuidando de você. Há momentos na vida em que precisamos fazer escolhas... Na minha vida, agora é um desses momentos e..."

"Izu, tenho trinta e dois anos e estou divorciada. Não sou uma adolescente em apuros. Você não tem que fazer nada respeitoso por mim, nem qualquer coisa desse tipo. Você sabe o que é pra mim estar grávida? Teria me relacionado com o mendigo da rua se soubesse que ficaria grávida. Você sabe o que é ouvir ginecologistas declararem que você é estéril e depois descobrir que está grávida? Por isso, vou manter a minha gravidez com orgulho. Já se passaram quatro meses e fui acompanhada por uma médica. Você pode me olhar." Amaka despiu-se para que ele a olhasse. "Mas fui avisada pra não fazer sexo e descansar, descansar muito. Minha mãe virá na próxima semana e vou convencê-la a ficar comigo até que o bebê nasça. Não vou falar pra ninguém sobre nós. De nenhuma forma sou obrigada a revelar quem é o pai da criança."

"Você disse que se divorciou totalmente?", perguntou Izu, pensando a respeito de um costume na vila de Amaka. Tal prática estipula que, quando uma mulher não se divorcia totalmente, suas propriedades e seus filhos são do marido por tradição.

"Sim, eu me divorciei. Minha sogra até tentou fazer uma graça, mas a minha mãe inverteu a situação. Eu me divorciei por completo. O processo judicial correu muito bem. Obiora não contestou. Estou livre, mas por que a pergunta?"

"Ah, nada. Só por curiosidade. Vai saber... seu ex-marido poderia querer a criança e tudo o que você tem. Sabe do que nosso povo é capaz. E talvez sua mãe também queira saber", disse.

"Não vou contar pra ela. Não vou dizer nada a ninguém. Contei apenas a Deus sobre nós e pedi seu perdão."

"E Deus me perdoará? Meu pecado é maior. Jurei celibato e... talvez eu devesse pedir uma dispensa. Talvez eu devesse deixar o sacerdócio antes que tudo venha à tona."

"Mas ninguém saberá."

"Não dá pra ter certeza."

Dormiram juntos naquela noite e ele partiu nas primeiras horas da manhã. Ao chegar em casa, já havia decidido quais seriam seus próximos passos. Fizera algumas pesquisas antropológicas, embora não tão a sério, e havia recolhido anotações. Estava interessado nos costumes e tradições detestáveis que acorrentavam seu povo à ignorância e à doença. Particularmente, nos costumes que mantinham as mulheres como escravizadas. Mas seu foco maior residia na questão dos gêmeos e dos costumes que tornavam algumas pessoas, em diferentes sociedades, prisioneiras de uma perpétua cidadania de segunda classe.

Havia lido livros, falado com pessoas e feito mais anotações. Então Amaka entrou em sua vida e essa tarefa autoimposta foi deslocada para segundo plano. Amaka não ocupava seu tempo, mas dominava seus pensamentos, e esse era o cerne da questão. Não passava muito tempo com ela, mas a levava consigo a cada momento do dia.

Se pudesse convencer o bispo a lhe conceder uma licença para ir a Dublin organizar seus pensamentos... escrever sua tese sobre a questão dos gêmeos, ganharia tempo para decidir qual caminho tomar. Amaka era agora sua responsabilidade; ele sabia e desejava que fosse assim, mas...

A sorte estava do seu lado. O bispo sempre tinha gostado dele. Era um de seus melhores padres jovens, muito apreciado por todos os padres brancos mais velhos por causa de sua conexão com o pai adotivo, a quem eles respeitavam. Além disso, ninguém jamais havia proferido uma única palavra contra esse cavalheiro. Bem, vários jovens padres nigerianos não estavam se comportando como deveriam. Muitos saíam com mufti, embebedavam-se em bares e se envolviam com garotas. O padre Mclaid não era um deles.

Mas a Igreja como um todo era negligente com a moral de seu próprio povo. Um ato que antes mandaria um padre embora hoje era tolerado. Houve o caso de um jovem padre que estava tão envolvido com garotas que as mulheres de sua paróquia tiveram que se posicionar contra a permanência dele ali. No entanto, nada foi feito a esse respeito.

O bispo atendeu ao pedido do padre Mclaid. Quando contou a Amaka, ela achou a ideia brilhante. Não haveria fofoca alguma e, quando ele voltasse, todos teriam esquecido dela e de seu bebê.

Enquanto isso, a mãe de Amaka tinha chegado de Onitsha. No começo, disse que não viria, porque estava muito ocupada. Era quase Natal, melhor época para os negócios. Será que Amaka não desejava seu bem quando mandou uma mensagem alvoroçada pedindo que ela deixasse os negócios e desse um pulo em Lagos? Foi Ayo quem precisou ir buscá-la. "Venha, mãe. Amaka está esperando um bebê."

Pronto: quando viu Amaka, a mãe ajoelhou-se no carpete e agradeceu a Deus.

Deus, eu lhe agradeço.
Deus, agradeço de todo o meu coração,
com toda a minha alma,
com tudo o que eu sou.
Eu não disse que
Deus era gentil comigo?
Deus, eu lhe agradeço.

"Amaka, levanta e me deixa ver você. Minha filha, minha filha, então aconteceu. Meus inimigos foram confundidos. Inimigos pobres e miseráveis que menosprezaram a minha filha. Não tenha medo, estou aqui. Nada irá acontecer com você. Amaka, veja a que ponto está revigorada! Nunca vi minha filha tão bem. Onde está a sua empregada? Chame ela, peça pra pegar uma garrafa de *schnapps* na minha cesta. É isso." Abriu a garrafa e derramou o líquido como oferenda. Ajoelhou-se e agradeceu a Deus novamente.

Foi depois disso que Amaka telefonou para Adaobi, convidando a mãe e a si mesma para irem até sua casa.

"Com certeza, Amaka. Já faz muito tempo que não nos vemos, e você sabe como estou ocupada. O prédio está progredindo muito bem", disse por telefone.

Sim, o prédio. Ela estava montando um bangalô em Ikeja no terreno que comprou sem dizer uma palavra ao marido. Amaka a ajudara a finalizar um ou dois contratos de trabalho que ela mesma conseguiu e as duas dividiram o lucro. Ela até tinha pedido dinheiro emprestado ao banco para começar e ainda estava com essa dívida. Adaobi ficou surpresa por não ver Amaka durante tanto tempo. Mas Lagos era grande, esse era seu encanto. Lagos engolia a todos. Era possível fazer o que se quisesse em Lagos sem ninguém interferir.

Amaka e a mãe foram para a casa de Adaobi, que se surpreendeu com a amiga. Ela a abraçou com alegria e chamou o marido para vê-la. Adaobi continuou:

"Quando isso aconteceu, Amaka? Você é uma garota maravilhosa e, no fim das contas, não é estéril. Mamãe Amaka, bem-vinda a Lagos. Deus tem feito maravilhas pra você, minha amiga".

"Que o nome de Deus seja louvado, minha filha. Deus enxugou as lágrimas da minha filha, Deus glorificou a minha filha. Os inimigos estão envergonhados. Deus estará com a minha filha e ela terá o seu bebê em paz."

"Amém", todas disseram.

Mas Mike, o marido de Adaobi, não demonstrou tanto contentamento. Agiu friamente com a situação. As mulheres perceberam. A mãe de Amaka queria dizer algo, mas a filha a beliscou e ela ficou quieta.

Quando as duas se foram, Adaobi confrontou o marido.

"Vocês, homens... e sua hipocrisia! Por que você se comportou dessa maneira cruel? Por que transformou uma bênção em vergonha?"

"Quem é o pai? Ela vai ter um bastardo?"

"Você quer dizer que o bebê é ilegítimo? Essa palavra não faz parte do dicionário de nenhuma mulher que não tenha tido a sorte de encontrar um marido. O que importa pra Amaka e pra todos nós que a conhecemos é o fato de ela estar grávida. Um mendigo ou um operário, não importa, o que importa é ser um homem — só um homem pode engravidar uma mulher. Amaka está grávida, que Deus a ajude. Ela terá o seu bebê em paz."

"Ela vai ter o bebê fora do casamento. É um pecado mortal..."

"Punível por Deus no mundo seguinte", interrompeu Adaobi. "Amaka quer se realizar, primeiro, neste mundo. Meu Deus, Mike, como você pôde agir dessa maneira com a minha amiga? Por acaso ela é uma adolescente? Uma mulher que sofreu tanto nas mãos de homens como você encontrou enfim a felicidade, e, em vez de se compadecer e desejar felicidades, você se comporta desse jeito. Nem um padre agiria como você. Um padre entenderia. Até mesmo nosso Mclaid entenderia e..."

Mike começou a rir. "O padre Mclaid? Será que ele vai entender? Que bom ele entender. É um mulherengo..." E riu sem parar. Adaobi ficou magoada e, durante dias, não falou com o marido. Cozinhou para ele, sim, mas se recusou a comer em sua companhia. Não passou um dia sem que telefonasse para Amaka para saber como estava. Protegia e cuidava da amiga, esperando ansiosa pelo dia em que ela teria o bebê.

10

"Mãe, quando a médica vai abrir a porta pro bebê da tia Amaka sair?"

O filho mais novo de Ayo estava ansioso para ter notícias de Amaka, como todo mundo. Ayo achou graça.

"Não sei quando o médico vai abrir a porta pro bebê, querido", respondeu ao filho de três anos.

"Bom, a Funke me contou ontem. Ela falou que a médica vai ter que abrir a barriga e tirar o bebê. A Funke falou que a mãe dela contou isso."

"É mesmo?", disse Ayo, distraída. Ultimamente, não andava muito feliz com seu namorado, o secretário permanente, de cujos quatro filhos cuidava. Não ligava para a atenção dele, na verdade, mas sim para o dinheiro das crianças. Ele não cumpria mais com o prometido e, conforme tinha explicado a Ayo, as coisas andavam apertadas e o clima político do país estava diferente. Ayo, porém, recusava-se a entender e gastava o dinheiro de maneira tão descuidada que o namorado precisou ameaçá-la com cortes de verdade.

O filho de Ayo continuava a contar o que a amiga Funke tinha dito a ele. A mãe da criança tinha relação com a esposa de seu namorado. Foi através dela que o namorado soube como Ayo vivia. Odiava a mãe de Funke, mas não havia o que pudesse fazer. Não abandonaria a própria casa porque a mulher era sua vizinha, nem podia impedir seus filhos de brincarem com os filhos de sua inimiga declarada, então apenas convivia com o problema. Mas se recusava a mudar seu estilo de vida, o que era, antes de tudo, segundo ela, encorajado por seu namorado. Não era fácil começar a economizar agora. Essa palavra nem estava em seu dicionário.

"O que mais Funke contou pra você?", perguntou ao filho.

"Ah, que a tia Amaka é muito velha pra ter um bebê. E... Ah, mãe, eu esqueci o que ela falou. Vamos ver a tia Amaka hoje. Eu quero ver a vovó também."

Quando chegaram à casa de Amaka, não havia ninguém, nem mesmo a babá. Então Ayo foi direto para o hospital, onde quase esbarrou na mãe.

"Ayo, graças a Deus. Amaka conseguiu. Dois meninos, dois meninos saudáveis. Graças a Deus. Aquela médica foi boa. Mas por quê, por que não encontramos você ontem?"

Ayo não ouviu. Correu direto para Amaka, que ainda não havia recuperado a consciência após a operação. As enfermeiras não deixaram Ayo ver os gêmeos.

"Gêmeos, dois meninos! Não consigo acreditar. Simplesmente não consigo. Amaka teve gêmeos, gêmeos idênticos. Deus é misericordioso. Deus trabalha de maneiras misteriosas, faz maravilhas."

"Posso vê-los, enfermeira? Quero vê-los. Os gêmeos da minha irmã. Por favor, enfermeira", implorou Ayo. Então a enfermeira a levou para ver os bebês. A mãe se juntou a ela, e as duas continuaram a agradecer a Deus.

"Meus inimigos foram confundidos", disse a mãe de Amaka. "Eu sabia. Eu acreditei. Acreditei que a minha filha não era estéril. Rezei e pedi. Implorei aos nossos antepassados e eles me ouviram. Deus, eu lhe agradeço de todo o meu coração."

Foram para casa e Ayo preparou um pouco de sopa de pimenta. Pediram à babá que ficasse no hospital, para que, quando Amaka recuperasse a consciência, a situação não fosse tão estranha para ela. Amaka não havia sentido nenhuma dor de parto, já que viveu uma gestação prolongada. Quando a médica foi vê-la, descobriu que a pressão arterial de Amaka subira muito, por isso, levou-a para o hospital em seu próprio carro e, em uma hora, realizou uma cesárea. Era uma obstetra experiente, não corria riscos. Mãe de quatro filhos, tinha tido todos os bebês através de cesárea. Era a médica certa para Amaka e realmente cuidou dela. Foi embora quando notou que tudo transcorria bem e retornou mais tarde, quando imaginou que Amaka teria recobrado a consciência. Sentou-se ao lado da cama e chamou seu nome. Amaka abriu os olhos atordoada. Então pareceu se lembrar de onde estava e olhou indagativa para a médica, que pegou sua mão e disse: "Parabéns. Você conseguiu. Gêmeos, dois meninos...".

Amaka olhou totalmente confusa para a médica.

"Sim, você conseguiu. Dois meninos adoráveis", disse ela, ainda segurando sua mão. Amaka fechou os olhos, depois os abriu de novo. Enxergava bem a médica. Nessa altura, a zelosa babá já tinha chegado, e Amaka a enxergava também. Então não estava sonhando. Chamou a babá para ter certeza de que era realmente ela. Olhou para a bondosa médica. Não era uma mulher emotiva. Ainda sentia a dor da cirurgia. Notou que estava respirando rápido. Pegou a mão da médica e a colocou no peito.

"Estou sentindo um vazio", disse.

"Você vai ficar bem", a médica respondeu, tocando a campainha, ao que uma enfermeira entrou. "Traga os gêmeos pra ela ver os dois", pediu. "Por enquanto ela acha que estamos falando em códigos."

Amaka chamou a babá com um gesto. Ela se aproximou, mas não disse nada. Segurou sua mão. Então duas enfermeiras trouxeram os gêmeos.

"Eles são meus, doutora, os gêmeos são meus. Você tem certeza? Eles são humanos? Estão bem? Meu Deus, você tem certeza, você..."

"Deixem ela dormir. Volto depois. A alegria está transbordando. Amaka vai ficar bem", a médica falou para as enfermeiras. "Dá pra acreditar", continuou, "que esta mulher foi declarada estéril anos atrás? Não, eu não a tratei. Ela tinha desistido e se conformado com o próprio destino, mas depois ficou grávida. Nem sabia que estava grávida, sem ter tido a experiência antes, até que fizemos o exame de urina, quando ela passou a ser paciente deste hospital. Cuidem dela. Eu venho depois. Me liguem se acontecer algo."

Tudo transcorreu bem com Amaka. Ela permaneceu no hospital por dez dias e depois foi para casa. Estavam em celebração. Sua mãe esqueceu os negócios em Onitsha e continuou lá, convocando todos os filhos para ver Amaka e seus gêmeos.

Adaobi estava fora de si de tanta alegria e felicidade. Mike não demonstrava mais hostilidade. Vidas humanas estavam envolvidas agora. Os gêmeos estavam lá em carne e osso. Ninguém falava de ilegitimidade. E, sem dúvida, Adaobi deixou evidente para Mike que não iria tolerar nenhuma das bobagens dele. Mike passou a ser cuidadoso nas conversas sobre Amaka e os gêmeos.

Assim que Amaka se fortaleceu, sua mãe quis levá-la com os gêmeos para Onitsha. Ayo era a única das filhas livre para ir junto. Foram de avião até o Benin e, depois, seguiram de carro pela estrada. O objetivo da viagem era obviamente anunciar os gêmeos, exibir-se para o povo de casa e fazer um grande banquete, convidando todos da vila. Uma vaca foi abatida, os convidados e penetras vieram, comeram e celebraram. Havia comida em abundância.

Para entreter o povo de casa, é preciso ter muita comida. As pessoas comiam e jogavam comida fora. Se nenhuma comida fosse descartada, significava que o anfitrião ou a anfitriã não tinha cozinhado o suficiente. Os gananciosos preparavam um dia inteiro de festa. Tinham tantos ajudantes quanto desejassem. A mãe de Amaka se preocupou com isso. Ela, ao lado das mulheres que havia escolhido, cozinharam e organizaram a multidão. Por consequência, reclamações não foram ouvidas. Aqueles que vieram propositalmente para encontrar defeitos foram embora decepcionados, mas, evidentemente, tinham algo para comentar quando chegassem em casa. "Ah, nós vimos os gêmeos, sim. Vocês têm certeza de que eram dela?", perguntou uma mulher incrédula.

"Não existe nada que Amaka e sua mãe não possam fazer", disse outra.

"Se os gêmeos não são dela, de quem são? Ela não teria pegado os bebês nas ruas de Lagos. Também não teria roubado. Você não viu Amaka e como ela estava? Você é mãe. Não reparou que ela parecia uma mulher que estava de fato amamentando?"

"É o mistério sobre o pai que fica rondando todos nós, inclusive a própria gente da Amaka. Quem quer que seja o pai, devia ter vindo agraciar a celebração, fosse casado ou não. Pelo que ouvi dizer, o pai não pôde comparecer porque é casado e servidor público."

"Essa história não é verdade. Estão confundindo Ayo com Amaka."

"Mas essa família é uma coisa! Supera todo mundo. A mãe da Amaka deve ser uma mulher feliz, com filhos tão maravilhosos e sortudos. Amaka, que todo mundo pensou que iria terminar sem crianças ou marido, agora tem filhos, dois meninos de uma vez."

"Ela tem sorte. Antigamente, não teria colocado os olhos nos gêmeos. Eles seriam mortos, e os deuses e deusas da terra se acalmariam."

"Isso foi há mais de setenta anos."

"Não, há dez anos. Algumas pessoas ainda hoje se livram de gêmeos."

"Há dez anos?"

"Claro que sim. Aliás, minha tia, que era uma irmã enfermeira na missão católica, me contou que, em algumas partes da região de Enugu, as mães grávidas, por medo de dar à luz gêmeos, iam pro mato ter bebê sozinhas. Se fossem gêmeos, pegavam um e se livravam do outro. A missão sabia disso e, por esse motivo, os seminaristas daquela área ficavam em alerta. Sempre que havia alguma suspeita de parto de gêmeos, salvavam as crianças. Então, como resultado, a população local se opôs à missão. Minha tia soube de um caso particular em que os gêmeos foram adotados por um padre."

As pessoas falavam e falavam. Mas o que mais intrigou a maioria foi a atitude da sogra de Amaka. Presente na festa, ela afirmou que os gêmeos pertenciam a seu filho. Disse isso a todos, descaradamente. Comeu tudo o que foi servido e bebeu um pouco além da conta. Foi especialmente embaraçoso para Amaka e Ayo, mas a mãe delas estava à altura da tarefa.

"Deixem. Deixem que ela fale. Vocês não são as únicas que a ouvem falar. Garantam que ela receba tudo o que pede e ainda mais. O filho dela sabe mais do que ela, então não liguem pro que diz. Vocês veem o filho dela aqui? Ele está na cidade, mas vocês não vão encontrar ele aqui."

Obiora não fora à festa. Estava completamente insatisfeito com a separação, que, sem dúvida, havia sido causada pela mãe. Não lhe restava alternativa a não ser fazer as pazes com a mulher que lhe deu dois filhos. A mulher que não sabia distinguir direita de esquerda e, o que era pior, não admitia isso. Ela se comportava de forma atroz e envergonhava Obiora. Mas ele não podia fazer nada a respeito. Já havia aceitado a situação. Estava se virando e, se ousasse fazer algo que perturbasse a relação, estaria frito. Não teria família alguma e seria motivo de chacota para amigos, seu grupo etário e colegas. Então ficou com a mulher, com quem se recusou a casar convencionalmente.

Obiora havia pensado em procurar Amaka antes que ela voltasse para Lagos, em nome dos velhos tempos. Mas era tímido e achou muito difícil ir encontrá-la. Amaka, por outro lado, queria ver o ex-marido, para confirmar se ele tinha envelhecido como lhe disseram e, evidentemente, para exibir sua nova fortuna, que ela às vezes ostentava, conforme era recomendado pelos ditames da época.

Amaka não vestia mais tecidos de agbadá, apenas renda e tecido Jorge,[13] até na cozinha. Não usava nada além de ouro e contas de coral, e todos os elementos que portava combinavam entre si; tanto fazia se estava em casa, no trabalho ou na igreja.

Mas o que realmente impressionava as pessoas era que Amaka doava a terceiros com generosidade. Por isso, parentes e amigos apareciam com frequência, e ela lhes dava dinheiro, dinheiro vivo. As pessoas se perguntavam se ela possuía uma casa da moeda. Ou será que havia roubado

---

13 "Jorge", ou "George", é um tecido típico utilizado na Nigéria, normalmente colorido, enfeitado e vibrante. Historicamente associado aos mais ricos, foi desenvolvido na França pelo industrial Hilaire de Chardonnet, sendo exportado para territórios africanos nos fins do século 19. A partir de então, os alfaiates passaram a utilizá-lo em suas roupas de mais alta qualidade. Atualmente, o tecido vem majoritariamente da Índia.

um banco? Seu marido, ou melhor, o pai dos gêmeos, seria um oficial superior do Exército ou até mesmo o próprio general? As pessoas especulavam, fofocavam e, ainda assim, vinham até Amaka, contavam seus problemas e ela lhes dava dinheiro.

Sua mãe ficou feliz por ela ter dinheiro suficiente para oferecer tanto a amigos como a inimigos. "Você está fazendo sacrifícios, minha filha", disse. "Ouço todo tipo de fofoca. As pessoas que falam coisas horríveis sobre você são as mesmas que chegam até aqui com problemas financeiros. Então vou dizer uma coisa a você: ajude quanto puder e Deus a recompensará cem vezes mais."

O povo delas acreditava que, quando Deus lhe concede riqueza, você deve compartilhá-la com os parentes e, de fato, com toda a vila. Toda a vila tem direito a sua riqueza, porque qualquer um entre eles poderia ter tido essa riqueza em seu lugar. Por isso, você deve doar com generosidade e, se não o fizer, será duramente criticado. Se de repente você perder toda a sua fortuna por estupidez, negligência ou alguma decisão econômica errada, ninguém se mobilizará em solidariedade a você. Todos dariam motivos para sua desgraça e zombariam de você pelas costas.

A mãe de Amaka falou à filha que ela era uma mulher de sorte. O tipo de riqueza que possuía não era concedido às mulheres, mas aos homens. Aquelas mulheres que fizeram grandes fortunas em sua vila, quando a mãe de Amaka era apenas uma menina, não tinham filhos. A riqueza veio primeiro, acabando com as chances de terem filhos. De acordo com a crença, as duas coisas não caminhavam juntas. Ou se tinha filhos ou riqueza. Sua própria filha havia desmentido tal crença. Agora ela tinha dois filhos adoráveis e riqueza. O que poderia ser melhor do que isso? Estava muito orgulhosa de sua filha, e com razão. Quem não estaria?

Então Amaka continuou a doar, até estar pronta para voltar para Lagos. Já havia começado a construir uma casa própria em sua vila e dera à mãe o dinheiro necessário para isso. Afinal, sabia que, quando retornasse, teria que ficar na sua própria casa e não depender da mãe para acomodá-los.

Mais uma vez, pensou em encontrar Obiora. Ainda sentia algo pelo homem que tinha sido seu marido por mais de seis anos. Agora estava em uma posição de poder, com dinheiro e filhos. Deveria então ser magnânima e dar o primeiro passo. Contou a ideia para sua mãe, que, apesar de não compreender as razões da filha, não levantou nenhuma objeção. Já Ayo não gostou nada da ideia.

"Eles são todos iguais, Amaka, esses homens. Me fale: por que você quer vê-lo? Um homem que praticamente a expulsou de casa porque você não deu um filho a ele! E além do mais, você se divorciou dele tanto nas nossas leis e costumes como nos tribunais de Justiça. Mais uma vez, tem uma coisa que você ainda não considerou — o pai dos seus filhos. Você não nos contou nada a respeito dele. A mãe e eu não sabemos quem é o homem de sorte, e estamos esperando que você nos diga..."

"Fale por si mesma", cortou a mãe. "Quem quer que seja o pai dos gêmeos sabemos que ele é um homem. Por que revelar quem ele é agora? Amaka vai nos contar se ela quiser, mas não devemos trazer esse assunto à tona. Amaka é uma mulher, uma mãe, e isso é tudo o que importa agora. Não quero saber o que nosso povo diz sobre o pai dos gêmeos. Minha filha é mãe, e se Amaka quer ver Obiora de novo, então deixe. O que você pensa, Ayo? Achei que fosse como eu. Você acha que Amaka vai voltar praquele marido miserável depois de ter se divorciado? Não, ela não voltará. Ela está apenas curiosa, é isso, e consigo entender a curiosidade dela. Você tem se virado perfeitamente bem sem um marido por esses anos e ainda depende, de certa forma, do pai dos seus filhos. Amaka conseguiu também, e sem marido. Ela vai sobreviver. Você acha que ela vai se dar bem, tocar bem o negócio, se tiver que cuidar de um marido? Ah, não, não conseguiria. Teria um marido ou um negócio, não poderia ter ambos. As exigências do marido seriam demais e ela seria incapaz de lidar com elas.

"Por qual razão, vocês, crianças, acham que nossas prósperas mães se dedicaram pra encontrar mais esposas pros seus maridos? Elas foram sábias. Não queriam sacrificar seu negócio ou sua vida econômica esperando pelos maridos e administrando todas as suas necessidades. Então, nossas mães conseguiram jovens esposas que fizeram pros maridos essas tarefas consumidoras da alma enquanto elas mesmas se concentravam nos negócios. Sua irmã, Ayo, passou dessa etapa. Ela está aprendendo a ser como você. Está aprendendo o que é ser independente. Está aprendendo o que é ter riqueza e ela não sacrificaria isso por nenhum homem, nem por um alto oficial do Exército ou um milionário."

Foi depois dessa discussão que a mãe convidou Obiora para ver Amaka e os gêmeos. Obiora veio, trazendo também seus filhos. Não foi um encontro ruim. Obiora tinha envelhecido bastante e não era o homem bonito que Amaka conhecera. As pessoas mudam muito. Fazia apenas três anos que havia deixado Obiora, e tanto se passou nesse período. Ambos se surpreenderam ao notar que não tinham nada a dizer um ao outro depois das cordialidades iniciais. Amaka nem sabia ao certo o que lhe havia despertado o desejo de ver o ex-marido. Obiora se sentia inadequado ao conversar com ela. A riqueza de Amaka estava por toda parte, e isso o envergonhava. Mas a mãe de

Amaka estava lá para salvar a situação. Não falava sobre nada em particular, mas continuava a tagarelar. Como era bom ver Obiora em sua casa. Por que ele não pôde comparecer à festa dada por Amaka, quando sua mãe veio e se esbaldou tanto? Por que não veio visitá-las com a esposa? Então comentou como seus filhos pareciam saudáveis, acrescentando que a mãe deles deveria ser maravilhosa.

Amaka não disse nada. Ficou pensativa enquanto sua mãe falava sem parar. Esse homem era o marido com quem havia vivido por seis anos? Já não sentia mais nada por ele. Obiora poderia morrer agora, ela lamentaria, mas seria apenas isso. Era esse o homem de quem havia implorado para ser esposa, mesmo que ele quisesse se casar com outras vinte mulheres? Esse era o homem, o homem que ela amou tanto e com quem se casou? Por que não sentia mais nada por ele? Havia sido o tempo? Ou Izu, o pai dos gêmeos? Sua nova posição econômica? A vida que tinha em Lagos? Ou a descoberta de que ela, rejeitada pelo próprio marido, era atraente para homens ricos e influentes de Lagos?

Não se arrependia de nada. Sem dúvida, o tempo de Deus era perfeito. O dia amanhecia para pessoas diferentes em tempos diferentes, como dizia o ditado do seu povo. Para ela, o dia amanhecera três anos antes, e nesses três curtos anos Deus havia lhe dado riqueza, filhos e um homem para amar e valorizar.

Não tinha contado ao padre sobre o nascimento dos gêmeos. Ele havia pedido que ela não mandasse notícias sobre o parto ou qualquer coisa relacionada aos dois. Ayo estava certa ao questionar. Pelo menos Ayo e a mãe deveriam saber quem era o pai dos gêmeos. Mas como revelaria isso a elas? Como receberiam a notícia de que um padre era o pai de seus filhos? Sua mãe não era uma cristã declarada, mas Amaka pressentia que ela ficaria chocada de toda maneira. Não tinha certeza sobre Ayo, mas estava certa do que seus outros irmãos e irmãs achariam da informação. Depois, obviamente, tinha o povo da vila. Ela seria o assunto de lá por um bom tempo.

O que Adaobi iria achar? Era compreensiva, mas com certeza morreria de vergonha. Amaka se recusava a pensar no marido de Adaobi e na reação dele quando soubessem da verdade. Foi então que começou a pensar em Izu e em seus próximos passos. É evidente que ele não iria assumir os gêmeos. Nesse caso, cuidaria deles fazendo o papel tanto de mãe como de pai. Ficou animada com essa perspectiva. Não teria ninguém para lhe ditar regras, dizer o que deveria ou não fazer. Cuidaria bem dos próprios filhos. Não os mimaria. Iria amá-los e suprir todas as suas necessidades.

Não lhe ocorreu que talvez Izu fizesse algumas exigências. Seria a excitação dos últimos três meses ou o quê? Sentia realmente algo por Izu? Não tinha certeza. Sabia que não havia sentido saudade dele mesmo antes de os bebês nascerem. O que havia de errado com ela? Não seria mais capaz de amar? Era tão mercenária que nada, além do dinheiro, importava? O que tinha acontecido com ela durante os três anos em Lagos? Amava os gêmeos, amava sua mãe, suas irmãs e irmãos. Não sentia nada pelo *alhaji* e nem por outros que vieram depois dele. Agora se perguntava se sentia algo por Izu, o pai dos gêmeos, o homem que provou ao mundo que ela era capaz de dar à luz. Era grata a ele, grata pelos contratos que conseguiu através dele. Grata pelo amor que dava a ela, pelo cuidado, mas será que o amava? Se o amasse, não teria esses pensamentos. Não o amava. Esse era o resumo da história. E nem queria amar ninguém, a não ser os gêmeos e os familiares. Racionalizava dessa forma para evitar se machucar. Não percebeu que estava machucada até seus olhos serem abertos em Lagos e começar a ver o que poderia fazer como uma mulher, usando o poder que emana do ventre, como dizem na Nigéria.

Como iria encarar Izu, quando ele voltasse, caso voltasse? Será que ele poderia ter fugido? Dela? Não, esse pensamento era bastante cruel de sua parte. Sabia que Izu era honesto. Sabia e entendia por que ele havia ido de Lagos para Dublin.

Amaka não imaginava qual seria a reação de Izu quando ele retornasse de Dublin e visse os gêmeos.

11

Padre Mclaid voltou para Lagos repentinamente. Alguém muito importante no governo tinha mandado uma mensagem urgente pedindo que retornasse. A mensagem não era muito compreensível, mas ele não podia ignorá-la. Na verdade, estava inquieto e não tinha avançado muito com sua pesquisa. Havia calculado quando Amaka daria à luz e foi a partir daí que passou a se sentir sozinho e inquieto.

Assim sendo, apreciou a mensagem vinda de um homem tão importante e próximo a seu superior, o bispo. Não tinha recebido nenhuma notícia dos gêmeos. Haviam combinado que Amaka manteria seu segredo e não mandaria nenhuma mensagem ou carta.

Foi diretamente encontrar o bispo, que o recebeu muito bem e ainda perguntou sobre seus estudos e sua pesquisa. Em seguida, acolheu-o e contou a ele sobre uma mudança que logo aconteceria na Nigéria. O bispo não tinha muitas certezas sobre o acontecimento do qual falava, mas concordava que o padre Mclaid deveria retornar e estar disponível a qualquer momento.

Nem mesmo o homem no governo que pedira o retorno do padre sabia ao certo o que aconteceria. Não parecia saber. Tudo o que lhe contou foi que havia um rumor contínuo de mudança no governo. Se teria derramamento de sangue ou não, não saberia dizer. O reverendo, que era capelão e bastante importante no governo, precisaria deixar o cargo. Mas o bispo não tinha conhecimento de como isso seria feito. Sabia que se o tal acontecimento ocorresse iria embora e então o padre Mclaid ficaria em seu lugar. O homem no governo havia resolvido tudo isso. Queria alguém de confiança no cargo de influência. Não tinha nada contra o atual ocupante, mas não se sentia à vontade para lidar com ele, e, por isso, o padre Mclaid fora chamado.

O passado do padre Mclaid era desconhecido por muita gente. Nem mesmo seus colegas padres sabiam que ele era nigeriano. Apenas um ou outro padre irlandês e, óbvio, o bispo sabiam de onde vinha e como tinha conseguido aquele nome. O tal homem influente do governo não sabia de nada. Gostava do padre Mclaid e de seus sermões, mas nunca o havia associado ao Oriente, com sua dinâmica e seu povo "estranho". O homem foi muito vago, e o padre Mclaid se perguntava, em primeiro lugar, sobre a razão de ter sido convocado para Lagos. Contudo, após a "instrução", como se referiu, em tom bem-humorado, à ordem de voltar, foi encontrar-se com Amaka, que certamente não estava esperando por ele. Ele não havia trazido presentes. Seria estranho, para um padre, levar presentes femininos e infantis até a Nigéria.

Seu coração batia forte enquanto se dirigia à casa de Amaka. Como de costume, era noite, e ele tinha a chave da porta dos fundos, que estava fechada com o trinco por dentro — era compreensível. Havia estado fora por quase um ano e, além disso, Amaka temia assaltantes armados. Eram dez horas, e ele podia ouvir vozes, vozes femininas, graças a Deus. Então bateu à porta e a babá abriu, com um dos gêmeos nos braços.

"Ah, padre!", gritou a babá, ajoelhando-se.

"Por favor, levante-se", disse o padre Mclaid, pegando o bebê de seus braços. No quarto estavam Amaka e sua irmã Ayo. Olhavam para o mais novo tecido Jorge, aberto no chão. Chamava-se Rolls Royce e tinha custado apenas quinhentas nairas cada pedaço, que era suficiente para o que desejavam fazer. Havia alguns pedaços de renda e um turbante, para combinar com o Jorge, que custaram só trezentos e cento e cinquenta nairas cada. Conversavam tranquilamente sobre o efeito que a renda e o turbante teriam com o Jorge e, por isso, não ouviram a batida à porta. Um gêmeo dormia, e a babá estava prestes a colocar o outro menino no berço quando ouviu o toque.

O padre Mclaid controlou-se muito quando a babá lhe pediu que se sentasse na sala de espera enquanto chamava a patroa. Sua vontade era ir diretamente para o quarto. Sentou-se, olhou para o bebê adormecido e todos os seus instintos paternais foram despertados. "Este é o meu bebê", disse, "este é meu, todo meu. Ah, Deus, me perdoe. Mas este é o meu bebê..."

Ayo foi a primeira a sair do quarto. Quando viu o padre com o bebê, supôs intuitivamente que aquele era o pai dos gêmeos. Não precisava de nenhuma confissão da irmã. Só um pai poderia carregar um filho daquele jeito. Ela mesma era mãe e sabia por seu namorado que vinha ver a ela e aos filhos na calada da noite. Sabia o jeito que ele carregava os bebês que eram dele. Quis fazer uma piada usando aquela passagem bíblica: "Tu és o homem", mas se conteve. Afinal, não era tão próxima assim do padre Mclaid. Tinha ouvido falar dele, casualmente referido como um homem muito bom, que ajudava as pessoas e dava ótimos sermões. Nunca o tinha associado à irmã. Era um segredo que Amaka guardava sob jura de morte.

Então Amaka saiu do quarto carregando o outro bebê, que estava acordado sem motivo algum. Foi demais para o padre Mclaid. O segredo foi então revelado. "Amaka, você teve gêmeos, também eu sou gêmeo. Ah, meu Deus, meus gêmeos, ambos meninos. Eu não posso acreditar." Ele a abraçou.

"Por que não? Você mesmo é um gêmeo. É como deve ser: gêmeos geram gêmeos. Ayo, este é o pai dos meninos."

A babá estava em algum lugar por perto. Já sabia havia muito tempo, então não foi nenhuma surpresa para ela. A patroa estava apenas confirmando o que já era de seu conhecimento desde que fora confirmada a gravidez.

Nada parecia real para o padre Mclaid. Era como um sonho bom. Iria acordar e descobrir que estava em Dublin, com sua pesquisa sobre circuncisão feminina, pensando em Amaka e na Nigéria.

"Tive que voltar", disse, quando Amaka se demonstrou surpresa com seu retorno repentino. "Na verdade, fui convocado. Voltei dois dias atrás. Você tem alguma coisa pra eu comer?"

A babá foi direto para a cozinha e preparou um pouco de comida rapidamente. Nesse meio-tempo, Ayo foi embora.

Assim que ficaram sozinhos, Izu começou: "Preciso deixar o sacerdócio". Amaka achou que não tinha ouvido direito: "O que você disse?". Izu hesitou antes de repetir o que tinha revelado. Não gostou do tom de Amaka. Havia certa irritação na voz dela.

"Como foi em Dublin? Espero que tenha aproveitado. Todas aquelas freiras irlandesas adoráveis e..."

Izu ficou extremamente magoado. "Amaka", quase gritou — era a primeira vez que levantava a voz para ela. Pela primeira vez, Amaka realmente o via irritado. Estaria brincando com fogo, sem saber? Contudo, o que quer que fosse, ela teve os gêmeos. Se o pior acontecesse, inventaria um pai para eles. Ela se surpreendeu com os próprios pensamentos.

"Agora, preste atenção", ele disse, como se lesse seus pensamentos. "Os gêmeos são meus e vou assumi-los, nada neste mundo vai me impedir. Mas, antes de assumi-los, deixarei o sacerdócio. Verei o bispo amanhã para a dispensa. Vou confessar tudo a ele; tenho certeza de que será compreensivo comigo."

Amaka foi pega de surpresa. Nem por um momento sequer imaginou que Izu se sentiria assim em relação aos gêmeos. Ficou assustada. Na manhã seguinte, se encaminhou para a casa da irmã. Ayo estava arrumando o filho caçula para a escola quando Amaka entrou e se sentou na cama, sentindo-se um pouco desanimada. Ayo sorriu para ela e continuou vestindo a criança. Em seguida, mandou o menino para a sala de jantar e se sentou na cadeira, esperando que a irmã começasse.

"É Izu", Amaka gaguejou. "Ele quer os gêmeos."

"Naturalmente", disse Ayo. "Ele é um homem nigeriano, não é? Homens nigerianos lutam com unhas e dentes por seus descendentes, não importa quantos sejam. Você pensou que ele iria negar ser o pai? Você não está nem perto de entender o homem nigeriano, Amaka. O que a preocupa, afinal? Você tem seus gêmeos. Agora já provou que pode ser mãe. Acima de tudo, o padre Mclaid é um homem. Você não sabia que, antes de entrar pro sacerdócio, eles têm que passar por um teste pra provar que podem desempenhar seu papel como qualquer outro homem. E..."

Amaka deixou escapar um sorriso.

"Sim", a irmã dela continuou, "eles têm que ser testados pra não trapacear e..."

"O que quer dizer com trapacear?", perguntou.

"Bom, é simples: sabendo que não seria capaz de desempenhar seu papel como homem, o candidato abraçaria o sacerdócio apenas pra se poupar de situações vergonhosas", explicou.

"Muitos entram quando ainda são meninos e muito inocentes."

"Sim, mas e quando eles fazem os votos? De qualquer forma, seja como for, você tem um problema. Seus gêmeos devem ter um nome e você não quer usar o do seu ex-marido."

"Deus me livre. Eu queria usar o nome do nosso pai. Ele existe — até agora, pelo menos."

"Eu sei, mas nesse caso é diferente."

"Eu sei, Ayo, mas pense na fofoca, nos problemas envolvidos. Pense no coitado do padre Mclaid."

"Seu amante não pensa nele mesmo como um coitado, minha irmã. Está animado e, como eu o percebo, moveria céus e terra pra ter esses gêmeos. O sacerdócio não é mais o que era na nossa infância. Mudou muito. As freiras engravidaram na guerra. Padres tiveram amantes que geraram seus filhos e alguns deles são padres até hoje. Outros decidiram deixar o sacerdócio."

"É por isso que a declaração de Izu me assusta. Achei que ele se afastaria de tudo. Nunca imaginei, sabendo da sua história, que iria querer assumir qualquer filho fruto do nosso envolvimento. E o que realmente me preocupa é que ele quer a mim e aos gêmeos. Eu não quero Izu. Não quero ser sua esposa. Acho que ele está percebendo isso e quer ter os gêmeos pra começar, como ponto de partida.

"Ayo, não quero mais ser esposa; uma amante, sim, estar com um amante, com certeza, mas não uma esposa. Tem algo nesse lugar que já não me cabe. Como esposa, não sou livre. Sou uma sombra de mim mesma. Como esposa, sou quase impotente. Estou numa prisão, sem poder avançar com o corpo e a alma. Algo me aprisiona como esposa e me destrói. Quando me libertei de Obiora, as coisas começaram a funcionar pra mim. Não quero voltar pros meus dias de esposa. Não, estou farta de maridos. Eu disse adeus aos maridos no primeiro dia em que cheguei a Lagos."

Então começou a chorar. Ayo era uma mulher experiente, de Lagos, e não conseguia entender o porquê de Amaka se sentir assim.

"Não fique assim. Izu nem sequer falou que quer casar com você. Não entendo qual é o seu problema, Amaka. Tenho quatro filhos sem um marido e sou feliz. Talvez você esteja envolvida com o Izu. Do contrário, por que falaria desse jeito? Acho sua atitude um pouco estranha. Sua boa amiga Adaobi não sabe do Izu?", perguntou enfim.

"Não contei a ela. Mantive segredo. Adaobi deve achar que é o *alhaji*. Nem imagino o que ela acharia se eu contasse."

"Bem, não conte pra ela. Tente se resolver primeiro. Você não pode prever qual será a reação dela. Como vão os negócios?"

"Muito bem."

"Eu não te contei, mas há rumores de uma possível mudança de governo. Então estou me preparando com as crianças. Também esteja preparada. Tem dinheiro suficiente com você? Não sabemos como as coisas vão se desenrolar. Alguns dizem que terá sangue, outros dizem que não. Com derramamento de sangue ou não, todos seremos afetados. Diga pra mãe terminar a sua casa logo, caso você precise dela pra uma emergência. Esteja devidamente organizada. Estou pensando em levar as crianças pra Londres. Temos uma casa lá. Quero chegar antes da primeira esposa. Perceba como sou prática. Sem tolices. Pense menos em Izu e mais em você e nos gêmeos. E coloque na sua cabeça que Izu sabe cuidar de si, mas os gêmeos não. Então eles vêm primeiro."

"Ah, arruinei a missão de Izu. Como ele pode deixar o sacerdócio por mim?"

"Os homens são conhecidos por deixar seus tronos por suas mulheres. Mas esses são homens fracos. Eu admirava aquele príncipe que deixou o trono por uma mulher divorciada. Agora percebo como ele foi estúpido. Meu Deus, num mundo onde poderia ter se casado com qualquer princesa e ainda ser feliz...

"Não se preocupe. Izu é sensato. Você não arruinou a missão dele. Ele quer sair do sacerdócio. Ele se cansou e está apenas usando você. Quero que coloque na sua cabeça que você não será feliz com ele mesmo que se casem. O mundo em que entrará será muito excitante pra ele. Ficará livre pra conhecer mulheres jovens e querer dormir com elas. Ele iria perceber a diferença entre as duas coisas e, aos poucos, seus problemas começariam. Então concordo com você que não deveria se casar se ele propuser, isso se ele quiser. Estou te dizendo que ele está usando você. Se não quisesse sair do sacerdócio, iria ser discreto e ninguém jamais o associaria a você."

"Agora você sabe e a babá também."

"Eu posso guardar seu segredo e, conhecendo a babá como conheço, sei que ela também."

"Escuta, escuta a rádio. Eles estão dando um aviso. O governo foi derrubado por um grupo de oficiais do Exército. Não sei como se chama, meu Deus", disse Amaka.

Amaka e Ayo ouviram enquanto a transmissão repetia. Gowon havia sido deposto. As duas começaram a chorar. Ele havia salvado seu povo. Sem ele, os ibo teriam sido assassinados como ovelhas e cabras no fim da guerra civil.

"Ayo, eu devo voltar pros meus filhos. Me ligue se tiver mais notícias."

Acontecera o golpe. Com ele as coisas começaram a mudar para todos, e mudar rápido. Como de costume, houve comemoração. Os golpistas — que é o que eram verdadeiramente — foram anunciados, no momento, como heróis. Muito se dizia sobre a queda do governo Gowon. Os governadores militares, que antes eram quase venerados, tornaram-se inimigos públicos. Foram culpados por qualquer acontecimento. Poucos deram crédito pelo que eles fizeram ou deixaram de fazer. Jornalistas tiraram o dia para escrever os mesmos jargões de sempre. Além disso, o homem que se tornou chefe de Estado era considerado quase um deus.

As consequências recaíram tanto sobre aqueles em baixa como em alta posição. Houve aposentadoria em massa de servidores públicos e militares, enquanto o padre Mclaid subia, através do político influente, para o posto de comissário da República Federal da Nigéria. Não tinha experiência para tal, mas, como era um membro do Conselho Executivo Federal, e sendo padre e um bom homem, possuía grande influência.

Adaobi quase desmaiou quando soube do novo cargo do padre Mclaid e redobrou os esforços na construção do bangalô, ainda sem o conhecimento do marido. Mike não se sentia como a esposa. Era um oficial diligente, nunca havia feito nada de errado a ninguém, por que então a mudança o afetaria?

No entanto a mudança o atingiu da maneira mais dolorosa. Passou a trabalhar até tarde no escritório. O novo regime queria fazer tudo de uma vez. Parecia que o próprio diabo estava atrás deles, incentivando-os a perturbar a sociedade, remover as pessoas de suas casas e causar tristeza e medo por todo lado. Exigiam entregas de informações a torto e a direito, em até quarenta e oito horas ou imediatamente. Antes mesmo de conseguir a informação desejada, já se esqueciam e exigiam outras. Os pobres funcionários públicos que levavam seu trabalho a sério eram duramente explorados.

O pobre Mike, por exemplo, era lento, mas eficiente. Por causa de sua lentidão, fazia horas extras no trabalho.

Até que um dia sua esposa ligou para o escritório e pediu que ele fosse para casa imediatamente.

"Mas, Adaobi, por favor, seja sensata. Preciso entregar esse documento pro meu comissário até amanhã às dez, não posso me dar ao luxo de ir pra casa agora..."

"Mike, você está me ouvindo? Venha pra casa imediatamente ou vão aí buscar você." Aquilo era sério. Então ele saiu do escritório, deixou o documento que estava escrevendo e os arquivos na mesa e pegou sua pasta. Fechou a sala e pediu ao mensageiro de plantão que trancasse a porta.

Quando Mike já estava fora de alcance, o mensageiro soltou uma boa risada: "Esse governo é terrível. Nosso chefe ainda nem sabe que foi demitido pra ontem".

"Estão rindo?", juntou-se à conversa outro mensageiro. "Por que estão rindo? Já viu algum governo demitir um juiz por acaso? Podem esperar, vocês, eles vão matar, não vão só demitir, não."

"Chefe, estou com você", continuou o outro. "Esse governo não vai demitir quem não fez nada. Só quem fez alguma coisa. O governo vai demitir gente que fez alguma coisa, me entende? Como Gowon fez, me entende?"[14]

Mike não conseguia acreditar no que via quando chegou em casa. Seus vizinhos estavam todos tristes, sentados na sala de estar. Pensou que um dos seus filhos tivesse morrido, ou todos eles. Um vizinho com quem mal falou nos últimos quatro anos contou que tinham anunciado na rádio que Mike, o secretário permanente, juntamente com o diretor, tinham sido demitidos, com efeito imediato. Ele tinha quarenta e oito horas para sair de sua residência oficial. Mike se sentou e encarou o nada. Em seguida, foi até o quarto e chamou a esposa.

---

14 Em todo este trecho os mensageiros conversam em pidgin nigeriano.

"Você ligou pro padre Mclaid?"

"Ainda não. A notícia saiu faz menos de meia hora."

"Vamos encontrar o padre. Ele pode fazer alguma coisa por nós. Acho que é um engano. Existem duas ou três pessoas com o mesmo nome que eu. Não pode ser eu. Como estou sendo aposentado imediatamente? Vamos encontrá-lo."

"Vamos telefonar antes." Adaobi, visivelmente abalada, discou para a casa do padre Mclaid. Alguém atendeu e disse que era improvável que ele voltasse naquela noite, desligando de forma grosseira.

Tentaram novamente quando os vizinhos foram embora, mas ninguém atendeu. Então ocorreu a Adaobi que deveria ligar para sua amiga Amaka. Ela havia comemorado o nascimento dos gêmeos ao lado dela e feito roupas para eles, mas não estava interessada em saber sobre o pai, ou melhor, achava que, se a amiga quisesse que ela soubesse, contaria voluntariamente.

O telefone estava ocupado e Adaobi decidiu dirigir até lá, sem se importar com a situação de Lagos e com os engarrafamentos. Em pouco tempo, chegou à casa da amiga, bateu à porta e a babá, sempre atenciosa, apareceu. A primeira pessoa que avistou foi o padre Mclaid, segurando um dos meninos.

"Felicitações", Adaobi disse a ele. "Mike e eu tentamos ligar pra você assim que ouvimos a notícia, mas só dava ocupado. Mesmo agora à noite, tentei ligar várias vezes pra sua casa, sem sucesso. Como você está? Estou feliz por seu cargo novo."

Amaka surgiu, abraçou a amiga e levou-a para o quarto pela mão.

"Estou feliz que você veio. Queria ter ligado pra você quando soube da notícia hoje à noite, mas não tinha certeza se era o seu Mike ou outro Mike qualquer. É verdade?"

Adaobi concordou com a cabeça, com lágrimas nos olhos.

"Você conseguiu terminar o bangalô?"

"Ainda não. Tenho que colocar as portas e outras pequenas coisas que demandam tempo."

"Eu tenho meus funcionários. Eles podem ajudar. Mas tem algo que ainda não consegui contar pra você, Adaobi. Não tive coragem, mas sei que devo contar. O padre Mclaid é o pai dos meus gêmeos..."

"É o quê?" Talvez não tivesse ouvido muito bem. Talvez os acontecimentos do dia fossem demais para ela. Mais tarde, porém, ficaria chocada com o que disse para sua boa amiga.

"Amaka, você, entre todas as pessoas... Como pôde seduzir um homem de Deus? Um padre de Deus, jurado ao celibato. Como pôde? Não imaginava que você seria capaz de algo assim. Estou tão desapontada! Ah, não, não, não pode ser verdade. Padre, padre..." — Adaobi correu para fora do quarto: "É verdade? É verdade isso?".

"É verdade, Adaobi. Não se preocupe. Já confessei ao bispo. Ele foi compreensivo. Eu disse a ele que não era fácil ver os gêmeos e saber que eram meus. Olhe para eles. Eles se parecem comigo. Não há como negar. Me perdoe, Adaobi, se desapontei você, seu marido e muitos outros. Mas não há nada que eu possa fazer. E esse novo cargo é de alguma ajuda. Ainda posso ser útil à Igreja e, talvez, se você conseguir persuadir sua amiga a ser minha esposa, nós poderíamos organizar as coisas tranquilamente e não haveria muito escândalo."

Adaobi não soube como conseguiu chegar em casa naquela noite. Havia até esquecido do próprio problema. Seu marido estava sentado sozinho na sala de estar quando ela chegou e sentou-se ao lado dele, sem dizer nenhuma palavra.

"Aonde você foi?", perguntou.
"Ah, fui ver se a casa estava finalizada."
"Que casa?"
"A casa que estou construindo. É um bangalô. Nós vamos colocar as portas amanhã e nos mudaremos à noite."

O que será que ele havia feito para tudo isso vir à tona de uma vez? Do que sua esposa estava falando? Pensou que ela tivesse ido encontrar o padre Mclaid para falar de sua desgraça. Por que isso? De que casa ela estava falando? O padre disse a ela que tudo fora um engano e que ligariam no dia seguinte para se desculpar? Por que diabos ele deveria ser aposentado por ineficiência, falta de lealdade e embriaguez?

"Me escuta, Mike. Vou me mudar desta casa amanhã à noite. Não há nada que o padre Mclaid ou qualquer outra pessoa possa fazer por nós nessas circunstâncias. Por isso, quanto mais cedo encararmos a realidade, melhor. Consegui o terreno há cerca de um ano e comecei a construir algo. Amaka me ajudou muito. Consegui alguns contratos, ela os executava e nós dividíamos os lucros. Não queria contar pra você, sabendo a maneira como se comporta nesses assuntos. Então nós nos mudaremos amanhã. Acredito que ainda mais pessoas serão aposentadas e ninguém fará nada sobre isso. Eles dizem que se trata de uma revolução, mas quantas revoluções podem acontecer numa única vida? Só espero que não comecem a atirar uns nos outros. Se começarem, fujo com os meus filhos."

Adaobi foi para o quarto e começou a juntar suas coisas. Mike continuou sentado na sala de estar. Em cerca de seis horas, ele havia envelhecido seis anos.

12

Padre Mclaid teve dificuldades com o bispo, que ficou chocado, para dizer o mínimo.

"Meu senhor, não posso continuar como padre sabendo do pecado que cometi e sabendo também que abandonei meus filhos. Eles se parecem muito comigo. Não há como negar. Ainda que eu negue, minha consciência pesará. Como conseguiria conviver comigo pelo resto da vida? Quero um recomeço, do zero. Não existe meio-termo para mim."

O bispo ficou sem saber o que fazer. Era a decisão mais difícil que precisaria tomar em quarenta anos como homem de Deus e como bispo. Os tempos mudaram, e ele deveria acompanhar a mudança. Tinha que aceder ao pedido do padre Mclaid. Não havia nada mais a fazer. Mclaid tinha feito o que se esperava dele: confessar. Essa já era uma penitência por si só. Teria que lhe conceder a dispensa.

Muitos padres jovens, durante e depois da guerra, não corresponderam às expectativas da Igreja. Houve muita negligência tanto entre os padres como entre as freiras. Foram muitos os casos como o do padre Mclaid, mas os envolvidos não lidaram com seus problemas da mesma forma que ele. Pelo contrário, permitiram que o escândalo continuasse e só procuraram o bispo quando já era tarde demais.

Um desses casos foi o de um padre que se envolveu com uma garota durante a guerra. O padre enviou a garota para ficar com a mãe dele. Lá, ela teve o bebê e viveu com a mãe do sujeito na vila. O padre a visitava de tempos em tempos. Quando a trama foi descoberta, ele já tinha quatro filhos e precisou deixar o sacerdócio. Foi um grande escândalo, que a Igreja tentou acobertar. Mas muitas pessoas souberam, e a influência da Igreja naquele local passou a diminuir. Padre Mclaid havia lidado com sua situação de forma admirável e madura. Outros, que desistiram como ele, inventaram desculpas para deixar o sacerdócio. Ninguém em particular saiu estampado nos jornais lutando pela instituição da qual muitos faziam parte por mais de duas décadas. Era doloroso para os demais, aqueles que ainda mantinham a crença, pois, pensavam eles, de forma correta, que, se alguém estava cansado da organização ou instituição que defendeu por tanto tempo, essa pessoa deveria ir embora sem alardes e não perturbá-la. Não era preciso causar problemas ou incitar outros a se revoltar. Padre Mclaid e muitos companheiros argumentavam nesse sentido e abominavam as falas de seus colegas pronunciadas na mídia, que queriam fazer o que bem desejavam, enquanto, no sacerdócio, não lhes era permitido agir assim.

Nesse caso em particular, o nome de Amaka não foi mencionado. Padre Mclaid não daria entrevistas. Ele imaginava que o jornalista pudesse fazer perguntas desagradáveis sobre sua vida. Não tinha certeza se seu segredo estava bem guardado, por isso ficava sempre em alerta. O bispo lamentou, mas, sabendo da trajetória do padre Mclaid, admirou sua coragem. Ele não era apenas um padre, Izu era também um pária que teria morrido se não fosse pela intervenção da Igreja. O bondoso bispo levou em consideração outros aspectos das transgressões do jovem.

Mais tarde, naquele mesmo dia, o padre Mclaid foi visitar a mãe de Amaka, a quem havia pedido para chamar; ele gostaria de saber se ela poderia convencer a filha a se tornar sua esposa, assim que a situação permitisse. Amaka ficou relutante em enviar a mensagem à mãe e disse a ele que não mudaria de ideia. Apreciava a relação deles, sem dúvida, mas não queria saber de casamento. Estava farta. Poderia ter levado o tema em consideração antes, como uma forma de ter filhos, mas agora que tinha os gêmeos, sem chance. No entanto, para o padre Mclaid, pensar que ele fora capaz de deixar o sacerdócio por estar envolvido com a mulher que teve gêmeos seus e essa mesma mulher ainda se recusar a virar sua esposa causava grande aflição. Ele pensava que a ambição de toda mulher era se casar, ter filhos e se estabelecer com o homem que ama. Amaka estava se mostrando difícil, mas continuaria tentando.

Antes de a mãe de Amaka ser chamada, ele já havia se encontrado com Ayo, irmã dela. Naquele dia específico, Ayo não estava contente, pois seu namorado e a primeira esposa tinham ido para Londres sem lhe dar satisfações. Se ele não tivesse nada para esconder, não teria partido assim, sem avisar. De toda maneira, não importava. Homens são todos iguais, Ayo compreendeu isso anos antes. Na juventude, usava os homens como acessórios. Dizia que toda mulher precisava de um bom homem a seu lado quando estivesse vestida para sair e, tão logo se visse pronta para ter filhos, precisaria de um deles apenas para isso — procriar. Se esse homem tivesse dinheiro, melhor ainda.

Padre Mclaid não saiu contente da discussão com Ayo. Pensou que ela ficaria a seu lado, mas Ayo se solidarizara com a irmã.

"Padre", ela disse. "Me desculpe, Izu. Eu não vejo você e minha irmã formando um bom casal. Vamos admitir. Você, na verdade, não é deste mundo. A vida em que está prestes a entrar é estranha. Há muitas coisas que ainda desconhece. Está animado em relação aos gêmeos — quem não estaria? Mas pense sobre sua vocação, seu novo trabalho, não apresse as coisas. Minha irmã é muito teimosa. O casamento dela foi um inferno. Esse inferno continua vivo na cabeça dela. Tente quanto quiser, ela não conseguirá se esquecer daquilo. Ela gosta de você como pessoa, mas não quer casar de novo. Então meu conselho é este: fique tranquilo. Faça seu trabalho. Não seja precipitado. Não deixe o sacerdócio, e as coisas se ajeitarão no tempo certo. Esse é o meu conselho."

Padre Mclaid não seguiu o conselho, naturalmente. Foi até o bispo e confessou tudo, acreditando que, ao fazer isso, Amaka iria perceber quão sério falava. Mas aquilo não impressionou Amaka nem um pouco. A próxima seria então Adaobi. Queria vê-la e abrir seu coração para ela. Por algum motivo, preferia conversar com Adaobi a falar com Mike. Homens nigerianos costumavam falar com outros homens nessas circunstâncias, não com mulheres. Padre Mclaid era, sem dúvida, ignorante sobre o jeito de ser dos homens nigerianos, já que todos os seus amigos eram padres. Na verdade, não tinha amigos nem sequer entre seus colegas padres. Eles o invejavam por suas qualidades e pelo tratamento especial que recebia.

O padre, no entanto, não estava preparado para o jeito como Adaobi o tratou. Mike estava ocupado escrevendo infinitas petições que ninguém no governo teria tempo de ler. Padre Mclaid o havia aconselhado a ser discreto, até que as coisas se resolvessem, mas Mike estava impaciente, achava que a injustiça da qual fora alvo seria retificada em cerca de um mês. Adaobi, que era prática, pedira para ele desistir das petições. Estavam bem até então. Haviam se mudado para o bangalô e ela ainda tinha seu trabalho. As crianças estavam na escola. O estilo de vida deles não havia mudado drasticamente. Se ele encarasse aqueles dias como férias, e descansasse, tudo ficaria bem.

Adaobi achou extremamente difícil ajudar o padre Mclaid de alguma maneira. Ela se recusava a discutir o assunto.

Após sua fé na Igreja ser tão abalada, não poderia perdoá-lo. Para Adaobi, ainda que ele se tornasse chefe de Estado no dia seguinte, nada mudaria o jeito como ela agora o via. Ele a havia decepcionado muito. Quanto a Amaka, Adaobi a xingou de vários nomes. Ela havia seduzido um homem de Deus, e isso não ficaria impune. Não iria convencer Amaka a se casar com o padre Mclaid. Nunca iria encorajar esse tipo de casamento. O padre que deu a ela a comunhão sagrada sendo o pai das crianças de sua melhor amiga, não. Era demais para ela.

A única pessoa com quem faltava o padre conversar era a mãe de Amaka. Dessa vez durante o dia, ele se dirigiu à casa de Amaka para encontrar com sua mãe. As três aguardavam a chegada de Izu quando Amaka mais uma vez afirmou estar decidida a não se casar com ele.

"Mãe, ela não ama o padre Mclaid", afirmou Ayo, com seu jeito de sempre.

"Quem está falando de amor aqui?", perguntou a mãe. "Vocês, jovens, pegaram essa ideia de amor quando foram pra escola e leram aqueles livros."

"Mãe", continuou Ayo, quase como um gracejo. "Não vá dizer que não amava nosso pai quando se casou com ele."

"Vou dizer, francamente, que não tive nada a ver com o meu casamento com o seu pai. Foi a minha mãe que organizou tudo. Eu protestei. Falei que não gostava dele, que não queria me casar com ele, mas ela disse que se tratava de um bom homem, de uma família muito boa. E que ela sempre estaria por perto pra me ajudar e encorajar. Eu amava tanto a minha mãe que concordei. Nos primeiros dez anos de casamento, tive todos vocês. Mas eu ainda não amava o seu pai. Na verdade, quanto mais o tempo passava, menos eu gostava dele. Mas permaneci como sua esposa. Ele sabia dos meus sentimentos, mas era um homem muito paciente. Mesmo quando eu o encorajei a encontrar outra esposa, ele se recusou. Eu me sentia muito culpada, mas estava de mãos atadas. Contei pra minha mãe, mas ela não ouviu minhas reclamações. Ela me encorajou a entrar pro comércio. Então fui pra Onitsha e comecei a vender tecidos. Eu saía de casa e não voltava antes de duas semanas. Meu marido não ligava. Quando pedi que ele viesse pra Onitsha e vivesse comigo, se recusou. Ficou em casa e cuidou de vocês ao lado da minha mãe. Amava a minha mãe e era tratado por ela como um filho de verdade — pelo que sei, ela não teve nenhum filho homem.

"Então ele morreu prematuramente e a minha mãe ficou pra criar vocês. Não acho nada dele, só que foi o pai dos meus filhos. Quando ele morreu, não foi uma perda pra mim, porque eu não nutria nenhum afeto por ele. Essa é a verdade. Por isso, consigo entender a Amaka, ainda que as circunstâncias dela sejam bem diferentes das minhas. Se ela não sente nada por Izu, consigo entender. Mas, Amaka, você deveria pensar no Izu. Agora você tem seus filhos e ele te quer. Você tem sua própria casa e é bem independente. Suas circunstâncias mudaram drasticamente. Você será livre. Será financeiramente independente dele. Seu casamento anterior foi diferente. Você era jovem, não tinha o próprio dinheiro, apesar de ter seu negócio. Mas agora você tem dois meninos adoráveis. Os meninos precisam de um pai. Você poderia criá-los se fossem meninas, mas eles são meninos e darão trabalho pra você sozinha. Então pense seriamente sobre Izu. Se não conseguir se decidir agora, pode se decidir no futuro, talvez ano que vem. Você não tem nada a perder. Tem muito mais a ganhar."

Izu chegou e estacionou o carro na garagem. Foi recebido efusivamente pela mãe de Amaka, que lhe ofereceu kola e bebidas, e ele as aceitou. Ele se sentia à vontade com as três mulheres. Os gêmeos estavam nos berços, bem acordados.

Izu apenas foi até lá, sorriu para eles e sentou-se novamente. Logo começou: "Mãe da Amaka, já contei para o bispo sobre sua filha e eu. Não posso voltar atrás e desdizer tudo. Se Amaka não quiser se casar comigo agora, ela pode querer em outro momento, mas é preciso que se decida em breve. Sou impaciente. Foi uma decisão muito difícil, mas já está tomada e não posso voltar atrás; deixei o sacerdócio e do que me vale isso, se ela se recusa a ser minha esposa? Não quero meias medidas. Sei de outros padres que se envolveram, assim como eu, e continuaram no sacerdócio. Amaka quer que eu faça isso, mas não consigo porque sou diferente".

Ninguém falou depois dele, nem mesmo a mãe de Amaka. Havia certo tom de ameaça em suas palavras. Quando padre Mclaid foi embora, as três mulheres se entreolharam sem expressão. A mãe de Amaka dormiu mal aquela noite. Já Amaka, pelo contrário, dormiu muito bem. Havia tomado sua decisão e estava em paz.

Logo pela manhã, a mãe de Amaka a despertou e falou de forma suave por mais de dez minutos a respeito da proteção oferecida pelos homens, sobre sua própria vida sem um marido e muito mais. Izu era um bom homem, que a queria desesperadamente, e ela deveria considerá-lo. Izu não possuía parentes pelo caminho que a incomodariam caso se tornasse sua esposa. Como mulher de um comissário federal, Amaka estaria em uma posição invejável. Teria contratos e todos fariam o possível para obedecer às suas vontades. Amaka não deveria fugir do casamento por causa de experiências anteriores. Izu era um homem de Deus e não a decepcionaria. Era responsável e Amaka nunca se arrependeria de casar-se com ele.

Amaka ouviu tudo e, quando sua mãe terminou, não disse nada, apenas pegou o telefone, ligou para Ayo e pediu a ela que viesse o mais rápido possível.

"Pergunta pra nossa mãe por que ela me acordou às cinco da manhã hoje. Mais uma vez, deixa eu dizer uma coisa pra vocês: estou farta dessa história de casamento. Não vou me casar com o Izu. Você está me entendendo, mãe?"

A mãe ficou ofendida. "Amaka, com quem você pensa que está falando? Agora me escuta, sua idiota. Estou me referindo a dinheiro, é evidente. Quanto você acha que vale? Vou dizer quanto eu valho. Quando eu acabar essa conversa com você, você vai saber quem é a sua mãe. Agora escuta, me escuta bem. Você vai se casar com o Izu. Eu não vou morrer antes que você se case com ele. Então se aprume. Ayo, você é minha testemunha. Amaka vai se casar com Izu."

"Ela querendo ou não?", perguntou Ayo.

"Sim, ela querendo ou não. Sou sua mãe e você fará o que eu digo. Você não tem nenhuma noção? Não ouviu o homem? Amaka, você não sabia que ele era um homem de Deus quando dormiu com ele? Era apenas bom como amante, como um homem que conseguia contratos pra você, mas não bom o suficiente pra ser seu marido? Eu achava que você costumava gastar dinheiro com homens tolos que a enganavam. Agora, esse homem deu a você filhos tão adoráveis e você tem a coragem de dizer 'não vou me casar com ele'? Você vai se casar com ele. Ele deixou o sacerdócio por você. Você não vai desapontá-lo. Você vai arruiná-lo, e eu não vou assistir à minha filha arruinar um homem tão bom. Onde está aquele motorista? Ele chegou?"

"Estou de carro. Posso levar você aonde quiser", disse Ayo, que conhecia a mãe melhor do que Amaka. Ela manteria aquela ameaça mesmo se Izu mudasse de ideia.

"Então me leve à casa de Izu."

"Mãe!"

"Estou dizendo pra me levar à casa dele. Sei que você me entendeu. Eu não estava falando outra língua. Vamos pra casa do Izu ou você quer que eu pegue um táxi?"

"Mãe, por favor, senta aqui e vamos chegar a um consenso antes de darmos um passo em falso."

"Você vai me levar ou não? Sabe que posso chamar um carro. Está blefando?"

Ayo sorriu, apesar da seriedade da situação. Quanto a Amaka, ela não disse nada. A babá estava em algum lugar na cozinha. Ouviu tudo, mas fingiu não saber o que se passava.

"Vou mostrar que sou sua mãe e que você faz o que eu mando, porque o que falo é sempre a coisa certa. Nunca erro." Com isso, entrou no banco de trás do carro da filha e ficou plantada lá.

"Quer me transformar em motorista?", falou Ayo, tentando aliviar um pouco a tensão.

"Nunca se sabe quando alguém fala sério. Vai, liga o carro."

"Eu me pergunto se vão nos deixar entrar a esta hora da manhã", disse Ayo.

"Quando eu disser que sou a mãe da Amaka? Do que você está falando?"

Ayo dirigia. Perguntava-se o que a mãe diria para Izu. Ela compreendia Amaka. Mas, pensando bem, ponderou que a irmã poderia se divorciar se falhasse no casamento. A mãe estava certa ao dizer que ela tinha tudo a ganhar e nada a perder. Entendia também o ponto de vista de Amaka, evidentemente — o velho ditado que dizia "uma vez mordido, duas vezes arisco" servia bem nesse caso. Mas a irmã poderia dar uma chance à vida, sobretudo considerando sua situação bastante particular. Ayo continuava com suas dúvidas, contudo. O casamento não funcionaria. Estava certa disso porque Amaka não se esforçaria para fazê-lo acontecer.

Tiveram que anunciar os nomes no portão, e então o porteiro abriu para que entrassem. A situação ocorreu de tal maneira que Ayo não pôde deixar de pensar que o porteiro tinha recebido instruções. Foram levadas até a sala de estar e se sentaram.

Alguma coisa espetou Ayo quando ela se sentou. Apalpou o assento e encontrou um brinco. Rapidamente, colocou-o na bolsa.

"O que é isso?" Sempre atenta, a mãe percebeu o movimento.

"Ah, só um palito de fósforo que eu estava usando pra furar a orelha."

Então Izu saiu do quarto e as recebeu cordialmente.

Ofereceu bebidas às duas, e a mãe de Amaka aceitou um pouco de *schnapps*.

"Mãe", ele disse com seu jeito doce — era a primeira vez que a chamava de "Mãe".

"Ayo, minha filha, você o ouviu? Meu filho, você me chamou de Mãe. Eu sou sua Mãe, meu filho."

"Mãe, eu não tenho *schnapps*. Vivo uma vida de homem sem esposa, uma vida de solteiro, como os ingleses dizem."

"Tudo bem, pode ser uísque, mas *schnapps* seria melhor."

O próprio Izu trouxe uma garrafa fechada de uísque em uma bandeja. A mãe de Amaka fez uma oferenda, insinuando que as duas famílias já estavam unidas, e isso lhe agradou muito. Bem-educado que era, esperou sua futura sogra começar. Ayo estava lá, desanimada, como se fosse mera espectadora.

"Quando você quer se casar com a minha filha?" Ayo se levantou. Ficou pasma. Até Izu ficou surpreso. Mas ele queria Amaka, precisava dela. Então respondeu: "Assim que ela concordar em se casar comigo. Nós teremos um ritual nos nossos costumes antes e esperaremos um tempo para a cerimônia na igreja. Você sabe. Temos que dar um tempo para as pessoas se recuperarem do choque ao descobrirem sobre Amaka e eu. Esta é a sociedade em que vivemos e temos que reconhecer suas normas. Então ela mudou de ideia finalmente? Devo agradecer-lhe, Mãe. Sabia que você ficaria ao meu lado e que, uma vez que isso acontecesse, tudo daria certo".

Izu foi para o outro cômodo, pois o telefone tocou e, quando ele voltou, Ayo e a mãe já estavam de pé, prontas para sair.

"Devo ir esta noite", disse Izu. "Estão me esperando no trabalho; caso contrário, poderíamos ter tomado café da manhã juntos."

Ayo não disse nada para a mãe até chegarem à casa de Amaka. Ela não estava. A babá e os gêmeos também não. Ayo levou a mãe até a casa dela e encontrou a mensagem que Amaka havia deixado. A irmã se ausentava para ir a Onitsha saber da construção. Ficaria fora por uma semana. A chave da casa estava com sua empregada.

"Então, nesse caso, me leva até o aeroporto", disse a mãe de Amaka.

"Não quer passar em casa antes?"

"Pra quê? Estou com meu dinheiro. Não vou pra casa."

Foi levada até o aeroporto. Ayo não disse nada no trajeto. Para começar, sabia que Amaka não tinha ido para Onitsha. Amaka estava em Lagos. Não sabia em que local exatamente, mas estava em Lagos.

"Vai, compra a passagem!", gritou a mãe.

Ayo timidamente comprou uma única passagem para o Benin. Deu à mãe cinquenta nairas para o táxi e rezou para que o voo não fosse cancelado.

"Amaka se acha esperta. Vou mostrar a ela que eu sou mais!", disse.

Ayo não falava nada. Estava presa nos próprios pensamentos. Aquele brinco... De quem era? Não, não pensaria nada. Afinal, garotas e senhoras, mães e avós visitavam Izu quando era um padre. Agora que era um comissário federal, recebia mais visitantes. Então lhe veio um pensamento. Era mais uma revelação do que um pensamento. Assim como sua mãe estava lutando com unhas e dentes para que Amaka se casasse com Izu, todas as mães que conheciam Izu também estariam agindo dessa maneira para casar suas filhas com ele. Tratava-se de uma questão de competição. A mãe delas foi a primeira a perceber isso. Izu estava altamente cotado no mercado matrimonial. Com sua juventude, cargo, charme e agora "sem batina", por assim dizer, ele não teria paz. Quanto mais rápido se casasse, melhor. As garotas continuariam a importuná-lo, mas pelo menos sua irmã seria a primeira da fila. Qualquer coisa poderia acontecer em seguida. E... o voo foi anunciado.

"Este é seu voo, mãe", e a cutucou.

Ela se levantou e disse: "Vamos".

"Vamos aonde?", perguntou Ayo, desesperada.

"Pra sua casa", respondeu ela.

"Você não vai viajar mais?"

"Não", e estava muito séria.

"E você me fez gastar dinheiro pra comprar uma passagem..."

"Eu não usei."

"Você está com a passagem."

"E não pode ser devolvida? Chega das suas gracinhas. Não vou viajar mais."

"Posso ter minhas cinquenta nairas de volta? Era tudo o que eu tinha na bolsa."

"Quando chegarmos em casa."

13

Ayo foi para sua casa primeiro, preparou o almoço e obrigou a mãe a comer. Surpreendentemente, ela comeu bem. Enquanto estava descansando, Ayo foi até a vizinha e ligou para a casa de Amaka. A babá atendeu e disse que Amaka estava dormindo.

"Fala pra ela que estou indo aí agora. Chego em quinze minutos." Saiu correndo, chamou um táxi e foi direto para a casa da irmã.

A babá pagou ao motorista. Ayo sabia que, se voltasse para casa para pegar a bolsa, a mãe iria suspeitar e entrar no carro antes que ela tivesse tempo ou coragem de impedi-la.

Amaka pacientemente ouviu Ayo narrar os eventos do dia.

"Ayo", ela começou, em lágrimas. "Percebi que não tinha nenhum outro lugar pra ir em Lagos a não ser a sua casa. Consegue acreditar? Não é estranho? Queria me esconder, mas não tinha nenhum lugar. Não tenho ninguém em Lagos, a não ser você. Adaobi não consegue superar a minha relação com Izu, então não pude ir até a casa dela. Assim, vagamos por aí, fizemos compras e, quando ficamos cansadas, voltamos pra casa. O que vou fazer, Ayo?"

"Casar com Izu."

"Casar com Izu?"

"Sim, casar com ele. Nossa mãe sabe o que é melhor. Não jogue fora essa oportunidade de ouro. Ela só aparece uma vez na vida."

"Você sabe que eu não amo o Izu."

"Eu sei, mas se case com ele. Talvez o amor venha depois."

"E se não vier?"

"Você não tem nada a perder. Você tem seus gêmeos. Não ouviu a mãe quando contou sobre o nosso pai?"

"Você acreditou nela?"

"Você não?", perguntou Ayo, surpresa.

"Eu ouvi outra história."

"De quem?"

"Você está certa, sem dúvida, depende da fonte", disse Amaka.

Ayo continuou: "Não importa se o que nos contou foi verdade ou não, temos muito que aprender com ela".

Ayo não falou nada sobre o brinco. Iria enfraquecer sua argumentação.

Então voltaram para a casa de Ayo e levaram a mãe até a casa de Amaka. Se ficou surpresa em ver Amaka, a mãe não disse nada. Ela ainda estava com o espírito de briga. Exigiu o jantar como se não tivesse comido nada desde cedo e a babá preparou algo rapidamente.

Izu estava cerca de duas horas atrasado. Tinha uma caixa de *schnapps* no porta-malas do próprio carro e pediu ao motorista de Amaka que fosse buscá-la. Já sabia como impressionar a futura sogra. Ela abraçou Izu e ficou alegre quase imediatamente.

Não houve rodeios.

"Amaka, quando seria conveniente pra você e o Izu irem até nossa terra natal?"

"Mãe", disse Amaka, dessa vez muito calma.

"Vamos conversar lá dentro primeiro", disse Ayo.

"Nós não vamos fofocar nada lá dentro. Tudo já foi dito."

"Parece que você está me vendendo pro Izu, mãe. Qual a pressa?"

"Quer dizer então que fui a responsável por você ter conhecido o Izu, e que eu a coloquei na esteira onde vocês dormiram e onde você engravidou dos gêmeos?"

Amaka e Ayo ficaram tão envergonhadas com a fala da mãe que não disseram mais nada.

"Os jovens de hoje perdem a oportunidade quando ela aparece. Amaka é como eles. Mas, Izu, não se preocupe, não ligue pro comportamento dela. Amaka realmente passou por muitas coisas. Você vai tratá-la bem. E me deixe avisar que, se você não fizer isso, se abandonar sua esposa e correr atrás de outras garotas em Lagos, vou causar problemas pra você. Posso trazer tanto problemas como paz. Devemos ir pra nossa terra na próxima semana pra contar aos parentes. Você deveria contar pros seus também. Então, na metade do mês, vamos dizer, no segundo domingo do mês, aguardaremos por você. Você precisa de uma esposa. Um homem na sua posição requer uma boa esposa pra viver uma vida tranquila e evitar tentações."

Ela chamou a babá, que trouxe alguns copos. Pegou a garrafa de *schnapps*, abriu e fez suas oferendas. Bebeu e, em seguida, entregou a garrafa para Izu beber.

"Dê um pouco pra sua esposa", disse, rindo. Então ela bebeu de novo e de novo, até que as filhas a convenceram a ir para o quarto, com o que concordou sem alarde.

Izu foi para casa na manhã seguinte, a fim de preparar-se para ir à terra de Amaka. A mãe de Amaka voltou para espalhar a boa notícia de que o pai dos gêmeos estava vindo para passar pelos ritos matrimoniais. Todos ouviram a novidade. Algumas sócias do Clube das Senhoras do Dinheiro não gostaram do casamento iminente e disseram isso sem rodeios. Ayo as acusou de estarem com ciúme e perguntou se, honestamente, elas jogariam fora uma boa fortuna como essa se fosse com elas.

Amaka era a única indiferente a tudo. Não compartilhava de nenhum sentimento e se recusava até a falar com Ayo. A babá foi a única a ter coragem de um dia lhe falar humildemente, mas com firmeza, que ela não precisava se casar com o padre se não quisesse.

"Se você não quer, não faça. Sou muito mais velha do que você e sei como se sente. Consigo entender que você não quer Izu como marido. Não deixe sua mãe te empurrar pra esse tipo de casamento." Amaka agradeceu à babá, mas não comentou nada.

Os gêmeos estavam crescendo e se parecendo cada vez mais com o pai. Os negócios de Amaka continuavam a prosperar além de suas expectativas. O que ela ganharia ao se casar com Izu? Todos os dias, algo lhe dizia que o casamento não aconteceria, muito menos que iria funcionar. Era um sentimento estranho que não conseguia explicar. O sentimento estava lá, dia e noite, importunando-a. Afetava Izu, que se mostrava impaciente com a forma como Amaka se sentia em relação a ele. Ficou exasperado quando Amaka disse que a viagem à terra dela para as cerimônias tradicionais de casamento tinha sido adiada indefinidamente. Naquela noite, Izu saiu com raiva e ficou bêbado em uma festa. Inconsciente do que fazia, deixou uma moça levá-lo à casa dela depois da festa, onde passou a noite. Ficou alarmado pela manhã quando acordou e a viu. Ele não a reconhecia, estava visivelmente chocado. Mas a moça permaneceu calma e sorriu para ele. Ela não usava nada a não ser um par de brincos e uma corrente de ouro.

"Esta é a minha casa", disse a moça.

Foi então que Izu percebeu que não estava em sua própria casa.

"Mas não se preocupe. O café ficará pronto em cinco minutos", disse ela, saindo para outro cômodo.

Izu olhou em volta. Viu sua calça no chão, vestiu a peça e pegou a camisa do piso. Suas mãos tremiam enquanto se vestia. Rapidamente saiu dali, pediu um táxi e embarcou no automóvel.

"Ikoyi", ele disparou, e o motorista o questionou com o olhar.

"Sim, aviso quando chegarmos lá."

Dirigiram sem parar, até Izu perceber que não estava indo para Ikoyi.

"Para onde estamos indo?" Sua voz tremeu um pouco e ele percebeu que suas mãos também tremiam. Tentou se controlar. Estava sob o poder de assaltantes armados. Foi quando percebeu que o motorista não estava sozinho. Tinha alguém na frente com ele. Não o tinha visto quando entrou no táxi. O motorista nem sequer respondeu à pergunta. Ele e o outro homem começaram a conversar. Izu não os compreendia. Ainda era cedo. Olhou para o próprio pulso, mas seu relógio não estava lá. Devia ter deixado na casa da moça. Provavelmente eram seis da manhã, mas onde ele estava?

Então, de repente, viu um ônibus acelerando muito rápido em direção a eles. O motorista e seu companheiro gritaram, Izu ergueu as mãos e isso foi tudo de que conseguiu se lembrar quando acordou na cama do hospital.

Não sabia há quanto tempo estava lá, até que viu o bispo ao lado da cama. Ele segurava sua mão e falava como um pai falaria ao filho.

"Você ficará bem, meu filho", disse o bispo. "Você teve sorte. Os outros morreram antes de chegar ao hospital. Você sofreu apenas com o choque. Não teve nenhum sangramento interno. O raio x mostrou um braço quebrado, mas que ficará bom com o tempo. Sinto muito, meu filho."

Por sorte, depois que o acidente aconteceu, as três primeiras pessoas a chegar ao local foram duas freiras e seu motorista, que estavam indo de Lagos para Ikorodu. Com a ajuda do motorista, as freiras levaram Izu e os outros dois no próprio carro até o hospital. Assim que o identificaram, ligaram imediatamente para o bispo.

Quando o bispo foi embora, Izu ficou pensativo. Seu milagroso escape da morte havia sido uma intervenção divina? Tinha pecado ao abandonar a Igreja que o segurou pela mão, que salvou sua vida e fez dele o homem que era? Fora um pecado mortal. Onde estava Amaka? Será que sabia que ele havia escapado da morte? Ela tinha vindo vê-lo, mas não conseguiu encontrá-lo? O que aconteceu antes do acidente? Quem era aquela moça com quem dormiu? Por que Amaka postergou a viagem dos ritos matrimoniais em sua terra? Por que estava agindo daquela forma? Queria mesmo se casar com ele? Ela não queria. Disse isso várias vezes. Foi Izu quem insistiu. Ele a teria pedido em casamento se não fossem os gêmeos? A resposta era não. Não teria. Mas o pecado havia sido cometido de qualquer forma. A situação não mudaria. Havia três vidas envolvidas nisso, Amaka e os gêmeos! Não tinha como voltar atrás agora. Poderia decidir não prosseguir com o casamento, mas e os gêmeos? Cresceriam sem saber quem era seu pai?

E por que ficou tão aborrecido a ponto de se embebedar e ir para casa com uma moça que não conhecia? Alguém planejou isso? Quem havia planejado e com qual propósito? Ficou surpreso consigo mesmo. Era muito mais feliz antes de conhecer Amaka. Agora não só estava infeliz como também inquieto, mundano e pecador. Garotas e suas mães haviam tentado persuadi-lo. Em alguns casos, sucumbira às tentações. Essas coisas continuariam a acontecer depois do casamento com Amaka?

Ele havia criado uma confusão em sua vida. O que iria fazer?

Certa manhã, Amaka recebeu o telefonema de uma freira. Havia acabado de voltar para sua terra. Foi contar para a mãe que a data dos ritos matrimoniais havia sido postergada indefinidamente. A mãe ficou tão brava que a xingou de vários nomes. De alguma forma, Amaka não ficou sentida com o que a mãe disse. Continuou lá para acompanhar o término de sua casa e fez um ou dois contratos rápidos antes de voltar para Lagos.

A babá disse que Izu não havia ligado pedindo para encontrá-las. Ayo foi checar como estavam e depois se dirigiu a Cotonu a fim de comprar alguns materiais para sua viagem ao Leste.

Amaka ligou para Ayo para avisar que estava de volta e a irmã disse que iria vê-la. Estavam juntas quando a freira ligou.

"Está falando com Amaka." Ela cobriu o telefone e pediu que Ayo se aproximasse.

"Sim, você pode vir qualquer dia. Voltei da minha terra ainda ontem... Sim, quinta à tarde pode ser. Às quatro horas... Mas eu posso ir aí. Você tem transporte...? Está bem. Quatro horas então. Obrigada."

Desligou e olhou confusa para Ayo.

"Uma freira irlandesa. Ela não me falou seu nome. Quer me ver. Algo aconteceu com o Izu." Amaka abraçou a irmã.

Ayo ligou para a casa de Izu, mas ninguém atendeu. Ligou para o trabalho dele e disseram que o comissário estava em um *tour* pela Europa com o chefe de Estado.

"Como ele lidou com o adiamento das cerimônias matrimoniais?", perguntou Ayo à irmã.

"Muito mal."

"E no dia seguinte, você viajou pra nossa terra."

"Sim."

"E você ficou fora por duas semanas; muita coisa pode ter acontecido nesse tempo. Vamos esperar pela freira. Ela disse quinta?"

"Sim, quinta às quatro horas. Você não soube de nada, Ayo?"

"Não. Eu estava ocupada."

"Certo."

"Nós não podemos fazer nada até a freira chegar. Hoje é terça."

"Fique conosco. Não vá pra casa. Estou com medo", pediu Amaka.

Finalmente chegou a quinta-feira. Às quatro horas, a freira irlandesa bateu à porta. Ayo a cumprimentou. Estava sozinha. Serviram chá e ela conversou animadamente. Então Amaka veio e a cumprimentou também. A babá trouxe os gêmeos e a freira irlandesa os olhou fixamente. Não pôde esconder seu interesse pelas crianças.

"Venham, queridos", disse a eles. "Sou a irmã Maria Ângela, da paróquia do seu pai."

Amaka e Ayo a observavam de queixo caído. Essa foi a primeira introdução da freira, que continuou. "O que vocês acham de a irmã Maria Ângela levá-los para Dublin no Natal?"

"Irmã Maria Ângela", disse Ayo, controlando-se, "você não está agindo como uma irmã de Deus. Fale logo pra minha irmã por que veio ou vá embora."

A freira se espantou. "Ah, sim, mil desculpas. São gêmeos tão amáveis. E o padre Mclaid era um gêmeo também, então não tem erro. E..." Parou quando Ayo se levantou.

"O nome dele é Izu. Nós o chamamos de Izu nesta casa. Ele não é mais um padre. O bispo lhe concedeu uma dispensa muito tempo atrás e logo ele vai se casar com a minha irmã. E, como você já sabe, os gêmeos são filhos dele com ela."

"Ah, eu sinto muitíssimo", disse a freira, dando um gole no chá. Amaka também havia servido alguns bolos. Ela não estava brava. Não estava aborrecida. Izu continuava vivo. Se ele estivesse morto, a freira teria dito de uma vez. Mas queria ter certeza, então perguntou: "Antes de continuar, irmã Maria Ângela, é verdade que o comissário viajou pra fora com o chefe de Estado? Sabe, nós recebemos essa informação do ministério e ninguém a confirmou antes de você vir".

"Sim e não", disse a irmã Maria Ângela.

"Izu está vivo?"

"Sim, padre Mclaid está vivo."

"Graças a Deus. Izu e padre Mclaid são a mesma pessoa", disse Amaka, quase rindo. "Agora pode me contar o que você quer. Estou preparada pra ouvir."

Ayo a fulminava com o olhar. Amaka estava tranquila. A babá permanecia quieta, como de costume. Os gêmeos estavam brincando. A freira bebeu o chá e continuou: "O bispo me mandou aqui. O padre Mclaid voltou para a Igreja. Sabe, a dispensa não foi a público. Então, como confessou tudo para o bispo, ele o aceitou novamente. Fui instruída a vir informá-la disso. Você pode estar se perguntando quando tudo isso aconteceu. Estou preparada para contar a você. O padre Mclaid sofreu um acidente, na manhã em que você adiou a viagem para sua terra. Milagrosamente, ele não morreu. As outras duas pessoas que estavam no táxi morreram. O padre Mclaid achou que ter escapado da morte por tão pouco foi uma intervenção divina; nós também achamos. Então ele foi até o bispo e...".

"Ayo, babá, eu não disse? Obrigada, irmã Maria Ângela." Amaka falava muito animada, e a freira ficou surpresa com aquele desfecho.

"Precisamos celebrar e..."

"Pare, Amaka. Irmã Maria Ângela, onde está Izu agora?", perguntou Ayo.

"Com o bispo. A penitência dele não será muito severa. É muito querido por todos nós."

Ayo gritou: "Quando você voltar pro convento ou seja lá o que for, diga a Izu que logo, logo vou confrontá-lo com a minha mãe e que...".

Amaka interrompeu a irmã. "Diga a Izu que eu gostaria de encontrá-lo e agradecer a ele pela sua nobre decisão e que fui a primeira a saber que não haveria casamento. Por fim, diga que eu serei eternamente grata a ele por provar ao mundo que sou tanto mãe quanto mulher."

Título original *One is Enough*

© 1981 Flora Nwapa
Primeira edição do original publicada em inglês
pela Tana Press Ltd., Nigéria

Editoras *Laura Di Pietro* e *Juliana Bitelli*
Preparação *Bruna Wagner*
Revisão *Isabel Jorge Cury* e *Laura Jahn Scotte*
Projeto gráfico *Bloco Gráfico*
Assistente de design *Stephanie Y. Shu*

Imagem de capa *Manuela Navas*
[*Dancing on my own*, 2021, aquarela sobre papel]

Dados Internacionais de Catalogação na Publicação (CIP)
N992b | Nwapa, Flora (1931–1993)
Basta um, Flora Nwapa
Tradução: Ana Meira e Lubi Prates
Título original: *One is Enough*
Rio de Janeiro, Roça Nova, 2023
192 pp.

ISBN 978-65-87796-25-3

1. Nigéria – Ficção. I. Meira, Ana. II. Prates, Lubi.
III. Título.

CDD 823
[Roberta Maria de O. V. da Costa, bibliotecária, CRB-7 5587]

[2023]
Todos os direitos desta edição reservados à
Editora Roça Nova Ltda.
+55 21 99786 0746
editora@rocanova.com.br
www.rocanova.com.br

FSC
www.fsc.org
MISTO
Papel produzido
a partir de
fontes responsáveis
FSC® C051266

Este livro foi composto em Heldane,
fonte desenhada por Kris Sowersby,
e impresso em papel Pólen Bold 70 g/m²
pela gráfica Exklusiva em maio de 2023.